La collection « Ado »
est dirigée par Michel Lavoie

D1150061

Michèle sur le chemin de la lumière

L'auteure

Lorraine Pelletier est originaire de Lanaudière et elle a grandi dans un petit village au sein des montagnes et de la forêt laurentienne. Toute jeune, elle a développé un amour pour la nature. Après être retournée aux études dans le but de parfaire ses connaissances, Lorraine s'est lancée dans la merveilleuse aventure de l'écriture. Son premier roman a été finaliste au Prix Cécile Gagnon 2005.

Bibliographie

La Grande Aventure de Gabi, Gatineau, Vents d'Ouest, « Girouette », 2005.

Vents d'Ouest

ado

Lorraine Pelletier

Michèle sur le chemin de la lumière

Catalogage avant publication de Bibliothèque et Archives Canada

Pelletier, Lorraine
Michèle sur le chemin de la lumière

(Ado ; 69. Drame)
Pour les jeunes de 12 ans et plus

ISBN 13: 978-2-89537-107-6
ISBN 10: 2-89537-107-5

I. Titre. II. Collection: Roman ado ; 69. III. Collection: Roman ado. Drame.

PS8631.E462M52 2006 jC843'.6 C2006-940002-4
PS9631.E462M52 2006

Nous remercions le Conseil des Arts du Canada de l'aide accordée à notre programme de publication. Nous reconnaissons l'aide financière du gouvernement du Canada par l'entremise du Programme d'Aide au Développement de l'Industrie de l'Édition (PADIÉ) pour nos activités d'édition. Nous remercions également la Société de développement des entreprises culturelles ainsi que la Ville de Gatineau de leur appui.

Dépôt légal — Bibliothèque nationale du Québec, 2006
Bibliothèque nationale du Canada, 2006

Révision : Michel Santerre
Correction d'épreuves : Renée Labat

© Lorraine Pelletier & Éditions Vents d'Ouest, 2006

Éditions Vents d'Ouest
185, rue Eddy
Gatineau (Québec) J8X 2X2
Courriel : info@ventsdouest.ca
Site Internet : www.ventsdouest.ca

Diffusion Canada : PROLOGUE INC.
Téléphone : (450) 434-0306
Télécopieur : (450) 434-2627

Diffusion en France : Distribution du Nouveau Monde (DNM)
Téléphone : 01 43 54 49 02
Télécopieur : 01 43 54 39 15

À mon cher époux et à mes enfants qui ont aidé Michèle à vaincre ses plus grandes peurs.

À Josée Ouimet qui m'a inspiré le courage d'aller au bout de mon rêve et qui sait si bien partager sa passion pour l'écriture.

Merci !

Le lac aux Grenouilles

Assise sur le plancher de roches plates qui longeait le lac, les jambes allongées et en appui sur les paumes de ses mains, Michèle s'exposait avec joie aux chaudes caresses du soleil d'été.

– Ah ! Quelle belle journée ! s'exclama la jeune fille.

– Belle ? Tu veux dire parfaite, fantastique, formidable ! renchérit gaiement une grande brune qui pataugeait dans l'eau quelques mètres plus loin.

Celle-ci jeta un regard circulaire.

– Hé ! Tu ne trouves pas que le niveau est beaucoup plus haut que d'habitude ?

La main en visière, Michèle examina la berge.

– Oui, tu as raison. C'est étrange !

– Ça doit être à cause de toute la pluie qui est tombée en début de semaine, déclara sa compagne.

– Tu te rends compte ! Quatre jours entiers avec ce temps de chien ! Un vrai déluge. Enfermée dans la maison, j'étais en train de devenir folle.

– À qui le dis-tu !

Michèle adorait ces escapades dans la nature. Elle s'y sentait si calme, insouciante, si incroyablement libre ! Sa cousine Marie-Jo, qui l'accompagnait, restait sa seule amie. Les autres, surtout les garçons, c'étaient tous des attardés mentaux ! Pas possible de leur faire confiance. Pas même une minute ! Et sa famille... Toujours en train de parler d'elle comme si elle n'existait pas. C'était froissant, humiliant même. Ses parents répétaient haut et fort que *la petite*, comme ils la surnommaient, demeurait, pour eux, un véritable casse-tête. Les rares fois où ils s'adressaient directement à elle, c'était pour lui faire des reproches : « Tu ne fais jamais rien comme les autres. Tu ne vaux rien à l'école. À ta naissance, la cervelle devait être en rupture de stock. » Tant de mots meurtriers que Michèle enregistrait jour après jour en silence. À la maison, il fallait sans cesse taire ses émotions. Il n'y avait de place que pour les blagues qui sonnaient aussi creux que des fonds de boîtes de conserve. Comme elle aurait aimé abandonner son rôle ! Celui de la petite fille modèle, alors que tout en elle voulait exploser. Exploser de trop de frustrations, de trop d'humiliations, de trop d'indifférence.

« Un jour, j'éclaterai et leur révélerai enfin ce que j'ai sur le cœur, c'est sûr ! Ils seront bien obligés de m'écouter. Je leur dirai qu'au lieu d'essayer de refaire mon éducation, ils feraient mieux de réviser la leur ! »

– Hé ! Michèle ! Regarde ! s'exclama soudain sa cousine.

Aussitôt, l'adolescente présenta son visage au teint de pêche et parsemé de taches de rousseur à Marie-Jo. En rencontrant son regard enthousiaste, elle lui sourit spontanément. Comme par enchantement, son amie avait le don de l'apaiser aussi certainement qu'il était naturel de bondir pour une grenouille. Ce « garçon manqué » aimait ces batraciens, surtout leurs cuisses, arrosées de beurre à l'ail.

Cet après-midi-là, elle montrait sa technique de chasse à Michèle. En l'observant, cette dernière se souvenait du premier jour où la chasseuse d'amphibiens lui avait fait découvrir ce petit coin de paradis.

De bon matin, les deux jeunes filles étaient parties après avoir bourré un sac à dos de victuailles. La plus grande entraînait souvent la plus petite dans ce genre d'expédition. Comme elle l'avait trouvé beau, ce lac, gigantesque miroir déposé dans la forêt ! Les deux amies s'amusaient à s'y mirer, déformant leur image à coups de pichenette dans l'eau. Ce grand bol naturel tapissé d'un véritable cimetière vaseux, qui s'infiltrait entre leurs orteils, accueillait ici et là quelques rares spécimens de nénuphars qui ravissaient

Michèle. Son père disait que cette espèce de marais hideux était le fruit de fortes pluies. Mais pour les deux amies, c'était un refuge réconfortant. Comme par magie, elles voyageaient dans un autre monde.

Pourtant, le lac Messier n'avait rien d'extraordinaire ; petit, rond, peu profond et tellement sale qu'on n'y distinguait pas grand-chose. Pour ajouter encore à l'insignifiance et à l'inutilité de cette grosse flaque boueuse, nul poisson n'y résidait. Les propriétaires de l'endroit n'y voyaient que des myriades d'insectes assoiffés de sang. Mais si les adultes du clan Messier le traitaient avec indifférence, ce n'était pas le cas de leurs enfants. Ceux-ci l'avaient baptisé « le lac aux Grenouilles », car s'il n'attirait point de pêcheurs, ce lieu marécageux logeait néanmoins d'opulents et visqueux ouaouarons.

Comme une mère protectrice, de hautes fougères et des bouquets de quenouilles bordaient cet accident de la nature. En face, la montagne Noire s'élevait doucement vers le ciel, puis devenait brusquement un rocher escarpé. Cette roche géante aux airs lugubres se reflétait joliment dans les eaux miroitantes du lac. Étrangement, tout semblait nu et sec autour, comme si cette grosse tourbière, véritable siphon, aspirait toute l'humidité. Aucun arbre adulte ne décorait l'endroit des mètres à la ronde. Mais quelquefois, de magiques et enchanteresses apparitions gratifiaient ses visiteurs : des hérons angéliques flottaient au-dessus de ses flots ; des oiseaux chanteurs se posaient tout près, remplissant l'air de leur mélodie unique ; des tamias venaient quêter de la nourriture ; des hiboux solitaires hululaient au bord de la forêt. Chaque nouvelle expédition leur réservait sa part de belles surprises.

Les yeux fermés, Michèle respira pleinement la délicieuse brise qui caressait son visage et ses longues mèches blondes. Ces bouffées de vent chaud provoquaient un joyeux friselis à la surface de l'eau. Même l'odeur des algues en décomposition lui plaisait. Confiante, complètement offerte à la nature qui l'entourait, la jeune fille, qui venait de célébrer ses douze printemps, s'étira, savourant ce moment de paix et de bonheur. Radieuse, elle portait déjà ces signes qui permettaient d'anticiper la jolie femme qu'elle deviendrait plus tard.

Marie-Jo s'avançait dans le lac, un arc à la main, prête à tirer.

– Ne bouge pas, mon gros ! chuchota-t-elle d'une voix comique, s'adressant à un fier représentant de la famille des ranidés, au sac vocal gonflé.

Michèle se redressa et la regarda en souriant. Espiègle, sa cousine pointa sa victime, un œil fermé, puis lâcha la tension d'un geste décidé.

– Floc !

Du premier coup ! La grenouille n'eut aucune chance et fut transpercée.

– Ha ! ha ! La chasse est bonne aujourd'hui, constata Marie-Jo en effectuant une petite danse enjouée. Ça me fait une moyenne de quatre sur huit !

Avec un large sourire de satisfaction, elle alla quérir son gibier. Grande et bien bâtie pour ses treize ans, l'adolescente avait de courtes boucles sombres et rebelles qui brillaient au soleil. Qu'elle était belle avec ses yeux bruns étincelant de joie ! Vêtue d'un short bleu marine et d'un t-shirt jaune citron sur sa peau bronzée, elle respirait le bonheur de vivre. Tout le monde l'aimait car, autant elle jouait la dure dans ses sports préférés, autant elle se révélait un trésor de douceur pour ses amis.

Michèle était son contraire : délicate, craintive, secrète et mal à l'aise en société. Allant du brun très pâle au vert triste, ses yeux de chat prenaient différentes teintes. À ce moment précis, un vert sombre les caractérisait.

– Beurk ! Marie-Jo, c'est dégoûtant ! s'exclama-t-elle en détournant les yeux de la grenouille infortunée.

– Ouah ! Je l'ai eue en plein milieu. Jette-moi un œil sur la grosseur de ses cuisses ! Ça va faire un bon gueuleton, hum ! s'excita la grande fille en brandissant son trophée pendu à la flèche.

Michèle était bien obligée de la regarder. Si ça continuait comme ça, Marie-Jo allait la lui mettre sous le nez.

– Comment as-tu fait pour l'atteindre d'un seul coup ?

Son amie souriait de plus belle en allant jeter sa prise dans une chaudière. Revenant vers sa camarade étonnée, elle lui tendit son arme artisanale.

– Veux-tu essayer ? Je vais te montrer.

– Oh ! non ! J'aime mieux te regarder faire.

Marchant avec précaution pour ne pas occasionner trop de remous, Marie-Jo se repositionna. Elle apercevait une autre grenouille dont les yeux globuleux émergeaient d'un bouquet de lentilles d'eau.

– Chut ! murmura-t-elle à l'adresse de Michèle qui s'était lancée dans une série de justifications hypothétiques qui la dispensaient d'apprendre le tir à l'arc.

La joyeuse démonstratrice prit une flèche dans le carquois accroché à son dos, lui fit faire une bascule acrobatique et la posa sur le repose flèche.

– Regarde !

Concentrée, n'existant que pour ce moment, celui du prédateur devant sa proie, elle tendit la corde. Mais tout à coup, le sol se déroba sous ses pieds. Son projectile fendit l'eau prématurément, ratant sa cible de plusieurs mètres. Impossible ! Une seconde avant, elle avait de l'eau jusqu'à la taille et voilà que maintenant elle s'y débattait jusqu'au cou. Luttant de toutes ses forces pour reprendre le contrôle, la pauvre ne put que constater, le cœur de plus en plus angoissé, que le fond s'était retiré. De plus, comble de malchance, il y avait un courant diabolique et inattendu qui l'aspirait. La jeune fille se retrouvait prise dans le piège d'une tornade liquide. Désespérée, elle cria à l'aide.

Insouciante, sa cousine la vit frétiller à grands coups d'éclaboussures, tel un poisson accroché à l'hameçon. Certaine que son amie voulait l'amuser, elle se redressa et se mit à rire aux éclats, se pliant et se dépliant comme une cloche qui sonne. Bientôt, elle vit Marie-Jo disparaître complètement sous l'eau. Une multitude d'anneaux, s'agrandissant, firent leur apparition, semant le doute chez Michèle. Ne la voyant pas réapparaître, la gamine ne trouvait plus ça amusant.

– Tu n'es plus drôle !... MARIE-JO... MAAARIE-JOOO !

La jeune fille passa du rire à l'angoisse. Malgré ses cris désespérés, son amie ne refaisait pas surface. Les mouvements circulaires s'estompaient. Un calme plat s'installa. Quelques flèches flottaient autour de l'endroit où la malheureuse avait disparu. Tout s'était passé très vite ! Trop vite ! Une cigale poussa son cri strident sur l'autre rive. Un bruit furtif d'herbe piétinée se fit entendre aux abords de la forêt. Puis, le silence !

Sous le choc, paralysée par l'angoisse, Michèle sentait son cœur battre dans sa poitrine comme une tragique marche funèbre. Elle observa les éléments qui l'entouraient. Jamais de sa vie son beau lac aux Grenouilles, témoin de tant de joies, ne lui avait paru aussi lugubre. Brusquement, elle s'enfuit à toutes jambes, n'écoutant plus que sa peur.

Le choc

– MADAME… Messier ? interrogea un agent de police.

– Oui.

– C'est bien votre fille qui a été témoin de la scène, n'est-ce pas ? poursuivit-il en fixant la gamine.

– Oui, répéta-t-elle d'une voix tremblante. Les seuls mots qu'elle a réussi à formuler sont : « Marie-Jo… lac aux Grenouilles… noyée » Puis… plus rien.

– Je crois qu'il faudrait conduire votre fille à l'hôpital, recommanda le policier. Cette pauvre enfant est sous le choc. C'est normal après un tel événement. Un collègue va vous accompagner.

– Merci, fit Mme Messier.

Michèle n'avait pas bougé d'un cil. L'agent jeta un regard plein de pitié vers la gamine, puis s'adressa une fois de plus à la mère.

– Courage ! lança-t-il simplement.

Celle-ci hocha la tête. Puis, le policier se dirigea vers les autres.

– Roger ! appela-t-il.

Le subalterne, qui scrutait le lac, s'approcha de son supérieur.

– Sergent, rien de nouveau. Avec cette épaisseur, ça fait longtemps que le corps aurait dû remonter à la surface. En plus, c'est pas *marchable* dans cette gadoue. On risque de se tourner le pied à tout bout de champ. À part ça, vous voulez savoir ce qu'il y a dans ce maudit marais ? Des affreux ouaouarons et des damnés maringouins, termina l'officier en écrasant, sur son bras, l'un de ces moustiques.

– Oui, c'est bien ce que je pensais. On ne trouvera rien ici, c'est sûr !

Les inspecteurs avaient déjà passé une grande partie de la journée à tenter d'éclaircir le mystère. Dès l'annonce de la catastrophe, la consternation régna au sein de la famille Messier. Le lieu du drame fut investi rapidement. Afin de fouiller le périmètre, des policiers s'y étaient rendus en véhicules tout-terrains. Certains exploraient le lac à l'aide de longues perches sans trop de conviction.

Traumatisée par l'événement, Michèle observait la scène qui se déroulait devant elle, comme au ralenti. L'endroit, d'habitude tranquille, fourmillait maintenant d'activités humaines. Sa mère essayait de la consoler. Affligés par la nouvelle, oncle Pat et tante Thérèse, les parents de Marie-Jo, faisaient pitié à voir. Plusieurs membres de la famille, avec un espoir fou, étaient à la recherche d'indices, d'une piste quelconque. Certains s'approchèrent de Michèle pour la réconforter, mais la jeune fille restait impassible. Aucun son ne sortait de sa bouche. Pas une larme ne coulait de ses yeux fixes. Seulement de légers tremblements des épaules trahissaient son bouleversement intérieur. Même les plus courageux, après une seule tentative, rebroussaient chemin. On aurait dit un automate dont on avait fait griller quelques circuits.

Le collègue du sergent Houle, l'inspecteur responsable de l'enquête, soupira de compassion en l'observant.

– Quelles sont vos hypothèses ? interrogea-t-il.

– Il n'y a aucune trace de violence. Mon avis est que cette adolescente, heu... Marie-Josée Messier, lut-il dans son dossier qu'il avait fait glisser de dessous son aisselle, veut foutre une peur bleue à ses parents. On dirait une mascarade montée de toutes pièces. Sûrement en fuite ou bien cachée quelque part. Ça ne m'étonnerait pas.

– Mais, sergent, rétorqua Roger, comment expliquer la réaction de cette petite là-bas, qui dit avoir vu son amie se noyer ?

N'importe qui, tant soit peu clairvoyant, ne pouvait nier l'authenticité du trouble de la jeune fille aux sombres yeux gris-vert.

– Oh ! elle ! C'est Michèle Messier, sa cousine, fit le sergent en jetant un coup d'œil dans son dossier. D'après les gens que j'ai interrogés... voyons voir, Julien, Denis, Lionel, Jacinthe, David et j'en passe, ils la côtoient chaque semaine. Tous des Messier, à ce qui paraît.

– On dirait qu'il y a une véritable épidémie de Messier dans ce village, pas vrai ? fit remarquer le policier.

– Ouais ! acquiesça le sergent avant de reprendre ses notes. Eh bien ! d'après tout ce beau monde, c'est une fille qui est bouleversée depuis belle lurette ! Étrange, distante, renfermée, peu sociable, un peu dérangée, ce sont leurs mots ! Selon eux, cette Marie-Josée était sa seule véritable amie. Peut-être se sont-elles disputées pour une histoire de drogue, par exemple, ou pour un garçon. Va savoir avec ces ados. La môme se sent peut-être coupable de sa disparition et n'ose pas dire ce qui s'est véritablement passé. Elle a peur des conséquences. Ça expliquerait sa réaction. De toute façon, j'ai demandé une évaluation psychologique.

– Alors, qu'est-ce qu'on fait ? interrogea Roger.

– Continue de chercher. Même si on perd sûrement notre temps, ces gens comptent sur nous. Mais, à la brunante, on décampe ! Je ne veux plus personne ici après vingt et une heures.

– *D'acco dac, boss !* acquiesça l'employé avec un sourire complice.

Pendant leur entretien, un jeune garçon, aux cheveux châtain clair et aux yeux d'un bleu éclatant, les épiait, l'air de rien. N'ayant pas manqué un seul mot de la conversation, il était furieux. « Ce policier a tout compris de travers. Oui, c'est vrai que la plupart d'entre nous trouvons Michèle un peu... bizarre, mais je n'ai jamais dit *dérangée*. Ça, c'est un peu fort ! Et je suis sûr que personne dans la famille n'a utilisé ce terme pour la décrire. »

Non, sa cousine n'était pas folle ! Aux yeux de l'adolescent, Michèle, comme une fleur sauvage, se laissait difficilement apprivoiser. Elle était insaisissable comme ces plantes armées d'une forêt de seringues qui injectent leur poison acide au moindre contact.

« À moins que... » songea tout à coup Lionel en apercevant son grand frère. Ce dernier jouait avec les grenouilles mortes et faisait sursauter quelques malheureux en leur lançant, sans avertissement, ces créatures. « Ah ! ce débile ! Il est bien capable d'avoir dit ces choses horribles ! » pesta-t-il intérieurement.

Fonçant avec détermination, le jeune garçon ne perdit pas de temps.

– Hé ! petit con ! tonna-t-il.

– Quoi, petit cul ? demanda immédiatement son frère, se retournant nonchalamment.

Julien était un grand garçon déluré, aux yeux de canaille. Malgré ses seize ans bien sonnés, l'innocence et la spontanéité de l'enfance demeuraient encore présentes chez lui. Il tentait de le cacher par d'excentriques lunettes de soleil à la mode du jour. Cependant, son sourire amusé et arrogant le trahissait.

– Qu'est-ce que tu as dit au policier à propos de Michèle ? attaqua Lionel.

– Quoi ? Qu'est-ce que j'ai dit ? J'ai simplement répondu à ses questions, rétorqua le joyeux luron vêtu d'une chemise orange à fleurs violettes, une visière vert fluo posée sur son crâne chauve.

Il tenait toujours entre ses doigts le cadavre flasque d'un ouaouaron. Ricanant mesquinement, il le plaqua au visage de Lionel en lui lançant :

– Veux-tu embrasser une grenouille ? Il paraît que ça porte chance. Et en plus, ça déniaise !

Instinctivement, Lionel recula en frappant l'animal d'un coup brusque. On vit l'affreuse dépouille voler dans les airs et Julien rire de plus belle.

– Tu me l'as déjà fait, celle-là, s'impatienta Lionel, furibond. Ose prétendre que tu n'as pas dit que Michèle était… dé…

– Dé… dé… quoi ? *Décoiffée* ? Ou encore… *décousue* ? *Débraillée* ? *Déboutonnée* ? Non, je sais : *désespérante* ? Plutôt… *désagréable* ? Ou *dégonflée* ?

– Cesse de faire l'idiot ! interrompit Lionel, hors de lui. Tu sais très bien ce que je veux dire. Tu l'as traitée de dé…

– De dé… Ah ! oui ! Je me rappelle maintenant ! *Déboussolée* ! À moins que ce soit *défectueuse* ? Non, *défaillante ! Désaltérée*, peut-être ? Non, *désensibilisée* ! Ou encore, *détraquée, déséquilibrée, désadaptée, dépassée…*

– Ooooohhhh ! tu vas arrêter ça ! coupa Lionel.

Son frère s'amusait énormément.

– D'accord ! fit ce dernier avec un grand sourire chafouin. Peut-être bien que j'ai dit qu'elle était dérangée ! Et puis après ? C'est la stricte vérité.

– Alors, c'est vrai ! C'était bien toi ! gronda Lionel en l'empoignant par le collet.

Surpris, Julien chancela et rejoignit quelques grenouilles dans le fond de l'étang. Il en perdit ses lunettes et sa visière. Mais il se remit vite sur pied. Furieux, cette fois, ses prunelles agrandies ne laissèrent qu'un mince disque à ses iris brun foncé. Agrippant son frère par les épaules, il le jeta brutalement dans l'eau. Il ne lui laissa pas le temps de se relever. Il alla le rejoindre, rouge de colère, les poings serrés. Les deux frères roulèrent ensemble, comme deux mangoustes enlacées. La bataille était inévitable. Nettement plus fort, le grand Julien s'en donnait à cœur joie, tirant les cheveux de son adversaire, le frappant aux joues, le secouant comme un prunier.

Bien vite, le père vint séparer ses deux fils en les tenant à distance l'un de l'autre.

– Quoi ! Vous êtes fous ? Ce n'est pas le temps de se battre. Ouvrez donc les yeux, petits bons à rien. Marie-Josée est disparue, et vous, à quoi pensez-vous ? À vous bagarrer ! Bon sang ! Qu'est-ce que j'ai fait au bon Dieu…

– Qu'est-ce qui se passe, ici ? interrompit le sergent de police qui était arrivé sur ces entrefaites.

– Oh ! rien, monsieur l'agent ! Ce sont mes garçons. De vrais petits batailleurs.

– Est-ce que cette escarmouche aurait un rapport avec la disparition de la jeune fille ? Monsieur… ?

– Messier. Armand Messier, fit l'homme en relâchant brusquement ses garçons.

Déstabilisé, Lionel retomba grotesquement à l'eau avant de se relever, pitoyable. Julien pouffa de rire devant la mine déconfite de son frère. Le policier regarda les gamins qui ressemblaient plus à des chats mouillés qu'à des lutteurs. Il prit des notes sur son calepin, puis les dévisagea de nouveau.

– Eh bien ! les garçons, réprimanda M. Messier, répondez à l'agent ! Pourquoi vous battiez-vous ?

– Heu ! fit d'abord Lionel.

– Pour rien, monsieur le policier. On jouait, c'est tout. On adore se tirailler. N'est-ce pas, petit frère ? répliqua Julien en ébouriffant la tignasse épaisse de ce dernier.

Échappant à la provocation à peine voilée, Lionel, avec un sourire mauvais, sortit de l'eau et s'éloigna du groupe. Le policier scruta l'autre garçon avec attention. Indifférent, Julien se contenta de hausser les épaules. Le sergent Houle se dit alors que ces deux garnements n'étaient peut-être pas blancs comme neige dans cette affaire.

Le plan de Lionel

LA MAISON d'Armand Messier était la plus bizarre et sûrement la plus laide de la paroisse. Petite, à l'origine, et peinte d'une couleur qui défiait les lois de la nature, elle se trouvait aujourd'hui affublée d'excroissances disgracieuses apparues au fil des années. La plupart d'entre elles dissimulaient le bric-à-brac du chef de famille, incorrigible collectionneur de vieilleries, au grand dam de son épouse. Malgré les efforts de son propriétaire pour cacher son vice, cet amoncellement d'objets hétéroclites débordait sur la véranda, de sorte que la quasi-totalité des voyageurs de passage croyait y voir des « Puces ».

M. Messier avait pris goût à conclure de *bonnes affaires*. Lionel, le plus jeune de ses garçons, détestait ce va-et-vient perpétuel. Aussi, se réfugiait-il souvent dans sa cabane située loin derrière la maison « Aux Puces ». L'antre des fils Messier, suspendu aux solides branches d'un vieil orme, offrait l'ambiance souhaitée pour imaginer mille jeux, pour rêver mille univers, pour échafauder mille complots sans malice. L'intellectuel de la famille y avait établi en quelque sorte son quartier général, rassemblant ses jouets favoris, ses squelettes de petits animaux ainsi que ses bandes dessinées et livres préférés. Dans ce havre de paix, Lionel passait presque toutes les nuits d'été. C'est là que Julien l'avait rejoint en fin de soirée. Un doux rayon de lune pénétrait par deux trous qui jouaient le rôle de fenêtres. Il essayait de convaincre son frère de l'aider depuis plusieurs minutes.

– Allez, le grand, dis oui ! J'ai besoin de toi. Si tu ne le fais pas pour moi, fais-le au moins pour Michèle !

Sans relâche, Julien soulevait énergiquement et en alternance des poids. Des perles de sueur couraient sur ses tempes.

– Pourquoi ferai-je... quoi que ce soit... pour cette ingrate ? Quand est-ce... qu'elle a fait... quelque chose... pour moi, elle ? Ou pour quiconque... d'ailleurs ? rétorqua-t-il.

À chaque ascension des petits haltères, sa voix se déformait, ses muscles se gonflaient.

– Tu ne la connais pas ! Tu ne peux pas la juger comme ça !

– Et toi, tu penses mieux la connaître ?

– Peut-être !

Cependant, des images s'imposèrent tout à coup à l'esprit du garçon de treize ans. Comme un mauvais rêve, comme une mauvaise pensée, un souvenir refoulé depuis longtemps remonta à la surface. Heureusement, le clair-obscur de la pièce cacha son trouble à Julien. Terminant son entraînement, ce dernier, inconsciemment, le sortit de ses cogitations en s'exclamant :

– Ouvre les yeux ! Personne ne veut la connaître. Cette fille pique comme un hérisson. Personne ne l'aime ! Et c'est de sa faute ! Plus plate que ça, tu meurs ! Jamais un sourire ni même un bonjour. Chaque fois qu'on a une sortie en famille, elle boude dans son coin.

– Je sais tout ça. Mais c'est notre cousine, défendit Lionel.

– Cousine ou pas, c'est une folle ! Je me souviens la fois où elle a sauté sur Jacinthe, en criant, en crachotant et en grognant comme une vraie sauvage. Elle était rouge comme une pivoine. Les yeux lui sortaient de la tête. Quand j'ai réussi à les séparer, de grosses poignées de cheveux pendaient de ses deux mains. J'ai cru qu'elle était possédée du démon. J'en ai froid dans le dos rien que d'y penser ! Brrr !

Lionel se rappelait très bien l'incident.

– C'est Jacinthe qui avait commencé avec sa blague stupide de farces et attrapes, rétorqua Lionel. Et puis toi aussi, tu te bats sans cesse et personne ne te traite de fou.

– Aucun rapport ! objecta Julien. Moi, je suis un gars. Les filles normales, ça ne se bat pas. Et pis, la poire à jus, c'était juste drôle !

– C'est pas tout le monde qui trouve comique de recevoir un jet d'eau sur les fesses quand il s'assoit.

– Tu veux dire que tout le monde a trouvé ça drôle, sauf Michèle ? répliqua Julien en pouffant de rire.

– Oh ! laisse tomber ! Mais il reste Marie-Jo, tu l'oublies, elle ?

– Non, bien sûr que non ! Dieu sait combien j'aime Marie-Jo. Si j'étais sûr qu'il y avait la moindre petite chance… je foncerais. Mais, même l'équipe de recherche n'a rien trouvé. Selon la Sûreté du Québec, il s'agit d'une fugue. C'est peut-être vrai.

– Ben voyons donc ! C'est impossible. Pas Marie-Jo. Et pour ce qui est de la théorie de la chicane, c'est aussi ridicule que la première. Michèle et Marie-Jo sont comme les deux doigts de la main depuis qu'elles sont hautes comme ça, déclama-t-il.

Fixant les étoiles dans le ciel, il marmonna, comme pour lui-même :

– Si c'était Michèle qui avait disparu, je ne dis pas.

– Qu'est-ce que tu veux dire ? Pourquoi crois-tu que Michèle pourrait fuguer ? demanda subitement Julien, perspicace.

– Oh ! facile ! répondit Lionel en se retournant à nouveau vers son frère. Te semble-t-elle heureuse ?

– Oui, tu as raison.

– Alors, tu vas m'aider dans mon plan ?

– À quoi penses-tu au juste ?

– Voilà ! Je crois que les policiers n'ont pas bien fouillé le lac. Rappelle-toi que Michèle a dit dans sa déposition à l'hôpital que Marie-Jo a disparu dans l'eau comme aspirée par quelque chose.

– Et comment que je m'en rappelle !

– Ce n'est peut-être pas si bête que ça ! rétorqua Lionel, les yeux brillants.

– Eh là ! Que vas-tu imaginer ? Qu'il y a vraiment quelque chose... une créature... un monstre qui a attrapé Marie-Jo ?

– Non ! Il y a sûrement une explication logique. Un phénomène naturel, par exemple.

Julien soupira. Pendant quelques secondes, il avait cru que son frère était devenu aussi fou que Michèle. Devant ses amis, il prenait un malin plaisir à l'appeler *Miss Dingo* ou encore *Miss Pop cicle*.

– Tu veux qu'on essaie de convaincre *Miss Chicken* de venir avec nous au lac pour étudier de plus près le « phénomène » ?

– Appelle-la pas comme ça ! On va devoir plonger. J'ai besoin de toi.

– Et tu crois que si on entraîne *Miss Glaçon* dans cette aventure, il pourrait lui pousser un cœur ?

Lionel roula de gros yeux en soupirant.

– Cesse de faire de l'esprit de bottine. En tout cas, ça ne peut pas être pire ! affirma-t-il, sûr de lui. Alors, vas-tu enfin me dire si je peux compter sur toi ?

N'ayant plus d'arguments, Lionel jouait ses dernières cartes.

– Tu n'as pas peur que *Miss Hulk*, dans un excès de fureur et de folie, décide de faire un match de lutte avec toi, menaça Julien dans un fou rire.

Lionel ne releva pas la dernière remarque loufoque de son frère. Il fit une ultime tentative en adoucissant sa voix.

– S'il te plaît ! C'est peut-être une question de vie ou de mort !

– Qu'est-ce que ça me rapporterait, à moi, de t'aider ? interrogea soudain Julien, les fentes de ses yeux subitement rétrécies.

– Mais..., s'indigna Lionel, surpris, si on retrouve Marie-Jo, ce n'est pas suffisant !

– Oui, ça aussi, bien sûr ! Mais je pensais plutôt à une récompense qu'on peut dépenser ! précisa-t-il, les yeux encore plus taquins.

– Tu veux de l'argent ! cria Lionel, furieux, les joues en feu.

– James Bond ne travaille pas gratuitement, répondit l'insolent.

– Va te faire foutre, Julien Messier ! cracha le jeune frère.

– Comme tu veux, p'tit-cul ! Mais quand on demande le meilleur, faut être prêt à payer le prix, lança le garçon arrogant, en faisant mine de sortir.

Il entreprit de dérouler l'échelle de corde qui permettait de descendre de la cabane. Malgré son côté vantard, son frère disait vrai.

En effet, Julien avait déjà prouvé sa valeur dans des expéditions, gagnant des médailles d'escalade, des trophées de rafting et réussissant son cours de plongée sous-marine haut la main. Lionel réfléchit vite et ce fut avec beaucoup d'effort qu'il lança :

– D'accord ! Mais tu n'auras pas plus de dix dollars.

– Cinquante billets ! renchérit Julien, gourmand.

– T'es malade ! protesta Lionel.

– Trente dollars alors, et c'est parce que je suis bon.

– Vingt dollars, finit par concéder le benjamin. C'est mon dernier mot. Ça représente ma paie pour quatre jours de livraison à l'épicerie. Tu n'auras pas un sou de plus.

Avec un sourire étincelant, Julien se retourna, son appareil dentaire lui donnant un air diabolique.

– Marché conclu ! fit-il, victorieux.

Lionel hésita d'abord, mais soupira bientôt en serrant la main que son aîné lui tendait. Très vite, ce dernier transforma son étreinte amicale en véritable compétition de bras de fer. Le cadet n'eut pas d'autre choix que de s'écraser à plat ventre sur le plancher rêche de la cabane en même temps que son frère.

– Deux dollars que je te bats à plate couture ! déclara ce dernier.

Les paris étaient ouverts. Lionel enrageait ! Julien jubilait !

Les remords de Michèle

– MERCI de votre collaboration, conclut le sergent Houle. Nous vous aviserons dès qu'il y aura des développements dans cette affaire.

– Mais quelles sont vos hypothèses ? coupa Mme Messier d'un ton de reproche.

La mère de Michèle, avec son apparence particulière, ne pouvait que difficilement susciter la sympathie. Plutôt grande et bien enrobée, l'expression figée et les traits camouflés sous un exubérant maquillage savant, les yeux cernés et enfoncés, la voix cassante et enrouée, elle ressemblait plus à une matrone qu'à une mère. Comme si ce n'était pas suffisant, une chevelure rousse, criarde, coupée au carré, achevait de la déshumaniser. L'inspecteur reconnut des signes qui ne pouvaient mentir sur son penchant pour l'alcool.

– C'est difficile d'être formel à ce stade-ci de l'enquête, poursuivit le policier avec douceur, pour bien montrer qu'il ne se laissait pas facilement intimider. On peut déjà affirmer que votre nièce ne s'est pas noyée.

– Quoi ! Vous sous-entendez que *la petite* aurait menti ?

Le visage et le ton d'Henriette Messier s'étaient davantage durcis.

– Non, bien sûr que non, madame. Je dis seulement que d'après les premières expertises, cela semble impossible... heu... en l'absence du corps, vous comprenez.

❦

Michèle sentit un long frisson lui parcourir le dos. En ce lendemain de l'après-midi maudit, elle aurait voulu dormir pour ensuite se réveiller et se dire que ce n'était qu'un horrible cauchemar. Mais rien à faire ! Plongée dans une dure réalité, elle revoyait sans cesse sa chère cousine. Le souvenir de leurs jeux, de leurs explorations, de leurs confidences, de son sourire et de sa compréhension la poursuivait. Sa disparition et les circonstances de celle-ci la hantaient.

« Tu aurais dû essayer quelque chose, n'importe quoi. Mais, comme toujours, tu es restée plantée là. Pourquoi n'es-tu rien d'autre qu'une peureuse ? » criait une petite voix au plus profond de son âme tourmentée.

Accroupie, le dos appuyé contre le mur de sa chambre, elle serra plus fort sa girafe.

– Je ne mérite pas de vivre ! Pourquoi est-ce Marie-Jo qui s'est noyée dans ce maudit lac ? Oh ! Franky, pourquoi ? Pourquoi ? dit-elle en s'adressant à sa peluche.

Les yeux rougis et gonflés par le chagrin, la jeune fille balança sa tête brutalement vers l'arrière. Son crâne percuta sans ménagement le mur. Elle recommença ce traitement plusieurs fois, jusqu'à ce que la douleur lui soit insupportable.

– Le flic qui m'a questionnée à l'hôpital ne m'a pas crue. Il m'a prise pour une folle ! J'espère que l'enquêteur qui est avec maman ne voudra pas encore m'interroger. J'aime pas la façon qu'ils ont de me traiter de haut. Ils parlent tous de L'AFFAIRE ! Tu te rends compte, Franky, Marie-Jo est devenue une AFFAIRE !

Franky était une amie de longue date. Cette peluche lui restait chère au cœur. Son unique frère la lui avait offerte après l'avoir gagnée à un kiosque de fléchettes à *La Ronde*. Quelques mois plus tard, Jean-François se tuait dans un accident de moto. Depuis trois ans, Franky, sa girafe, l'accompagnait partout.

– Comment pourrais-je continuer à vivre sans Marie-Jo ? Sans l'amie qui a toujours été ma seule alliée dans ce monde.

Elle entrebâilla la porte, tendit l'oreille et put entendre faiblement l'agent de police qui disait à sa mère :

– Nous avons battu les alentours. Les volontaires n'ont pas manqué, madame Messier, mais ça n'a rien donné.

– Mais nous sommes tous à l'envers. Mon beau-frère et ma belle-sœur sont complètement bouleversés. Et *la petite*... m'inquiète beaucoup, confessa-t-elle.

– Heu ! commença-t-il sur un ton indécis, avec le temps... ça ira mieux.

Il prit congé.

« Ouf ! » fit intérieurement Michèle. Rassurée de le savoir parti, elle se réfugia à nouveau dans sa chambre.

Depuis l'effroyable événement, la vie n'avait plus de sens pour elle. Sa mère, comme toujours, lui refusait le réconfort. Pour cette femme, les larmes étaient le signe d'une faiblesse honteuse. Alors, Michèle savait qu'il ne servirait à rien d'épancher sa douleur sur les épaules maternelles. Elle serait alors accusée d'être faible ou même d'inventer des histoires. Le seul changement qu'avait provoqué la disparition de Marie-Jo : Mme Messier couvait sa fille d'une attention maladive. Mais dès que Michèle tentait de parler de ses préoccupations, sa mère détournait habilement la conversation ou prétextait un travail urgent. Seule Franky, la girafe, recevait ses confidences et ses larmes. Emmurée dans sa chambre, barricadée en elle-même, Michèle n'attendait plus que la délivrance de sa souffrance.

– Oh ! Dieu ! Si c'est vrai que tu peux tout, alors, retire-moi de ce monde, supplia-t-elle en regardant le plafond de sa chambre, de gros sanglots dans la voix. Je ne veux plus vivre dans ce monde pourri. Tu as déjà enlevé Jean-François, puis maintenant, Marie-Jo... Alors, pourquoi pas moi ? Pourquoi...

Michèle sursauta. Se recroquevillant sur elle-même, elle empoigna plus fort Franky. Le soleil d'après-midi filtrait par la fenêtre à demi ouverte, d'où lui était parvenu un étrange bruit. Celui-ci recommença de plus belle à intervalles réguliers. Remplie d'appréhension, elle risqua un regard.

« Qui ça peut-il bien être ? Et si c'était... »

La brise qui soufflait depuis le matin transporta jusqu'à ses oreilles les notes d'une voix douce et musicale.

– Hé ! Michèle !

« Ce n'est pas lui ! » soupira-t-elle, reprenant ses esprits.

Laissant momentanément sa confidente muette et s'essuyant les yeux de ses deux poings, elle s'approcha et pencha la tête par l'ouverture exempte de moustiquaire. C'était Lionel, son cousin.

– Qu'est-ce que tu veux ? questionna-t-elle brutalement.

– Nous avons une réunion au lac, répondit-il de sa voix cristalline. Tu montes avec nous ?

– Qui ça, nous ?

– Moi et Julien. Faut que tu viennes.

– T'es fou ! Je ne retournerai plus jamais là-bas ! s'exclama Michèle, tremblant à l'unique pensée d'y remettre le gros orteil.

– Allez, tu es le seul témoin.

La jeune fille réfléchit. Elle pensa à Marie-Jo. Que lui était-il arrivé au juste ? Des questions ne cessaient de la tourmenter, mais en même temps, connaître les réponses la terrorisait.

– Pourquoi voulez-vous y retourner ? Il n'y a plus rien à faire. Marie-Jo est morte, conclut l'adolescente, les larmes aux yeux.

– Peut-être pas et même si c'était vrai, tu n'es pas curieuse ?

Un court instant, Michèle sembla déchirée.

– Non, je ne le suis pas du tout ! mentit-elle. Maintenant, va-t'en !

– On doit faire quelque chose. C'est mieux que de s'apitoyer sur son sort. As-tu envie qu'on dise que tu n'as pas voulu sauver Marie-Jo ?

Torturée par sa conscience, la pauvre fille revit toutes les fois où elle ne s'était pas engagée, toutes les fois où elle avait envoyé promener quelqu'un. « Lionel, justement ! » pensa-t-elle en regardant le jeune garçon qui attendait patiemment. Combien de fois avait-elle été méchante envers lui ? Elle se rappela la dernière fête de la Saint-Jean, quelques semaines auparavant.

Paré de ses plus beaux atours, le village de Saint-Mercien brillait, ce soir-là. Un magnifique feu d'artifice illuminait le ciel d'étoiles multicolores. Ornée de son collier de lumières, la rivière Deschênes avait revêtu un éclat digne d'un conte des *Mille et Une Nuits*. Têtes en bas, les maisons de l'autre rive, à moitié endormies, reflétaient leur image sur ses flots tranquilles. C'était comme si elles saluaient les convives. Les jeunes s'amusaient, dansaient, chantaient, mangeaient et riaient. Cependant, Michèle, telle une petite orpheline, était restée en retrait de ce bouillonnement de plaisir, la tête obstinément inclinée vers le sol. Elle ne goûtait pas le spectacle grandiose et n'entendait ni la musique enthousiasmante ni les cris de joie. Seule cette tour de pierre qui emprisonnait sa poitrine l'habitait tout entière. Ses yeux verts lançaient des éclairs de haine. La rebelle aurait voulu crier sa rage et cracher son dégoût d'être là. Elle se retenait pour ne pas pleurer. Comme elle aurait préféré être à des milliers de kilomètres ! Mais sa mère lui avait déclaré avec autorité : « Personne ne manque les festivités de la Saint-Jean chez la famille Messier ! ». Tel un animal sauvage, Michèle s'était laissé traîner de force.

Tout à coup, le disque-jockey troqua sa musique endiablée par une chanson douce qui disait « *Please, tell me if you love me ?* ». Il n'aurait pas dû être à la place de Jean-François. Autrefois, c'était ce dernier qui s'occupait de la musique. À la pensée de son frère, elle éprouva un serrement au cœur. Elle leva un regard furtif vers Robert. Le jeune disque-jockey de vingt-huit ans lui décocha un clin d'œil enjôleur. Encore plus en colère, l'adolescente détourna vivement la tête. « Ne le regarde pas ! Surtout, ne le regarde pas ! »

Furieuse contre elle-même, elle se leva brusquement et donna un vigoureux coup de pied dans le gravier qui recouvrait le terrain. Au même moment, un garçon passa. Le malheureux reçut les gravillons en plein visage.

– Holà ! s'écria ce dernier, indigné, fais attention ! Tu veux me crever les yeux ou quoi ?

– Oh ! excuse-moi, Lionel ! répliqua la jeune fille, la voix mi-repentante, mi-cruelle. Je... je... ne te visais pas, je te jure.

– Michèle ! s'écria soudain l'adolescent comme s'il venait juste de la reconnaître. Qu'est-ce que tu fais toute seule dans le noir ?

Lionel avait dit ces derniers mots avec un réel intérêt, plus curieux que rancunier.

– C'est pas tes affaires ! rétorqua-t-elle, encore de mauvaise humeur.

– Pourquoi ne viens-tu pas te divertir avec nous ?

– Bof ! Pour rien ! grommela-t-elle. Ça ne me tente pas, c'est tout.

– Allez, viens ! Tu vas t'amuser comme une vraie petite folle, l'encouragea Lionel en lui tirant le bras.

Aussitôt, comme électrisée par ce contact, Michèle se dégagea sèchement et hurla :

– Oh ! fiche-moi la paix, imbécile ! Va donc faire un concours de crachats, de pets ou de rots avec… tes semblables… végétatifs. Les gars, c'est ce que vous savez faire de mieux !

Le visage empourpré d'émotion, des éclairs plein les yeux, Michèle avait débité ces paroles avec du tonnerre dans la voix.

Lionel, estomaqué, pivota sur lui-même, s'apprêtant à obéir, mais il se retourna brusquement, fixa sa cousine et lui lança en haussant le ton :

– C'est dommage, Michèle Messier ! C'est une soirée merveilleuse. Les étoiles brillent. Les grillons chantent. C'est la fête, si tu ne l'as pas encore remarqué. Tout le monde est heureux. Si tu ouvrais les yeux sur cette belle nature et sur ce moment magique, peut-être arrêterais-tu de voir seulement ta petite personne et ses malheurs imaginaires.

Puis, ne laissant pas le temps à la jeune fille de répliquer, il tourna les talons et rejoignit les autres qui mangeaient des guimauves grillées sur le bord de la rivière. Plus ébranlée qu'elle voulait le reconnaître, Michèle fit un geste vulgaire avec son avant-bras.

– Peuh ! c'est ça ! Mangez donc tous de la merde ! pesta-t-elle.

La jeune fille entendit le petit groupe s'esclaffer, en jetant tout un chacun des coups d'œil dans sa direction. Le grand Julien avala goulûment une superbe brochette de cinq guimauves. La bouche pleine et les joues gonflées comme un écureuil, il la nargua en acquiesçant exagérément de la tête. Michèle se rappelait avoir été bien plus malheureuse que soulagée à ce moment.

Elle aimerait pouvoir se reprendre. Après tout, Lionel ne méritait pas sa rancœur. Son cousin se trouvait toujours au pied de sa fenêtre.

– Ooooohhhh ! tu as gagné ! Mais comment sortir de ma chambre sans que maman me voie. Elle ne veut plus que je m'éloigne de la maison.

– Compte sur moi, tu vas voir, c'est facile ! déclara-t-il, tout excité.

Sous les yeux ébahis de Michèle, Lionel, en trois bonds habiles, était déjà rendu sur la corniche de la galerie, à un mètre environ de sa fenêtre. Il prit une vieille planche qui, par miracle, s'appuyait sur le mur de la maison. Le gamin ne semblait pas du tout surpris de la trouver là. À l'aide de l'objet, il fit un pont de la fenêtre à la toiture. Michèle ouvrit de grands yeux étonnés.

– Ben quoi ! Comment penses-tu que Julien rendait visite à ta grande sœur ?

– Quoi ? s'exclama-t-elle.

L'ancienne chambre de Valérie se trouvait de l'autre côté.

– N'en parle surtout pas à ton père. Sinon, il va le tuer !

– Mon père ! objecta-t-elle vivement. À la place de ton frère, je craindrais plutôt ma mère !

Lionel pouffa de rire à cette insinuation qui pourrait bien être fondée.

Michèle prit le temps d'enfiler une veste sur son t-shirt avant de prendre la main que Lionel lui tendait. Il y eut tout à coup quelques secondes d'hésitation. Leurs âmes se rencontrèrent. Elle rougit sous le regard bleu océan de Lionel. Son jeune cousin l'intimidait. Lorsqu'il la fixait ainsi, d'un peu trop près, Michèle avait l'impression que ses pensées les plus secrètes étaient prises au piège de ces yeux perçants. Le gamin ne manquait pas de charme. Sa jeunesse et sa gentillesse spontanée le rendaient sympathique. Sa chevelure épaisse et soyeuse couronnait un visage enjoué et franc. Seul son nez trop pointu pouvait nuire à l'ensemble, mais tous ses autres attributs pardonnaient bien cette disgrâce de dame nature.

– J'ai peur ! Tu es sûr que c'est solide ? balbutia Michèle.

– Bien entendu, fais-moi confiance ! l'encouragea Lionel en resserrant sa poigne. Je te tiens !

Michèle répondit gauchement à son sourire.

La descente de la corniche fut plus ardue que le passage sur le petit pont de fortune, mais quand ils réussirent enfin, ils quittèrent, le cœur léger, le grand cottage luxueux. Habitée par un espoir naissant, Michèle s'enfuit de sa cage dorée.

La folle chavauchée

REPOUSSANT les branches, les fougères et les feuillages qui encombraient le sentier de la forêt, Lionel retenait ce rideau végétal un peu plus longtemps pour livrer passage à sa cousine. Il ponctuait ces gestes attentionnés par des sourires chevaleresques et par des « Prends garde, c'est glissant ! » ou par des « Fais gaffe, ça pince ! ». Désarçonnée par tant de gentillesse, Michèle y répondait avec une réserve timide. Elle, qui avait l'habitude de traiter tout le monde avec cruauté ou indifférence, voilà que la torturait chacune de ces manifestations de bonté. Parfaitement consciente d'en être indigne et habituée à la défiance, elle subodorait un piège aux intentions fallacieuses.

– Pourquoi es-tu si gentil avec moi ?

Lionel parut surpris par la question, puis déclara, tout en poursuivant son chemin dans le sentier envahi de mauvaises herbes :

– Pour rien, voyons ! Je ne veux pas que tu te blesses, c'est tout !

– Je veux dire, pas seulement maintenant, mais tout le temps. Pourquoi agis-tu comme ça avec moi, alors que tu aurais toutes les raisons du monde de me détester ?

– Je ne te déteste pas ! objecta promptement Lionel en faisant volte-face.

Michèle, surprise par ce revirement, s'arrêta brusquement, s'agrippant juste à temps aux épaules du jeune garçon, tombant presque dans ses bras. Elle le dévisagea avec un mélange de gêne et de stupéfaction. Les deux adolescents firent chacun un pas en arrière. Mal à l'aise, Lionel resta muet face à l'émotion qu'il devinait dans le regard de sa cousine.

– Non ? s'enquit-elle, émue.

La forêt dense les enveloppait, les isolant du monde. Comme par enchantement, les chants des oiseaux s'étaient tus. On aurait dit que tous les habitants de ce royaume boisé, animaux et végétaux, restaient penchés sur eux, aux aguets.

Lionel prit alors conscience de l'interprétation équivoque, de l'ambiance électrique, et rougit.

– Nnn... non ! bégaya-t-il. Je ne t'aime pas, c'est-à-dire, je t'aime, bien sûr, mais... comme un cousin, je veux dire.

Michèle, le cœur en fête, éprouva un grand réconfort qui lui avait été refusé depuis longtemps : quelqu'un l'aimait.

– Tu vas voir, ça va nous faire du bien de découvrir ce qui s'est passé pour Marie-Jo, plutôt que de ne rien faire, déclara le garçon en poursuivant sa route comme si de rien n'était.

Il essayait visiblement de changer de sujet. Sa compagne, à la fois heureuse de sa découverte et tourmentée par une ribambelle de questions, le rejoignit.

– Tu es sûr que tu ne m'en veux pas ?

Lionel, mécontent d'avoir provoqué cette situation, répondit d'un ton un peu rude :

– De quoi tu parles ? Pourquoi devrais-je t'en vouloir ?

– Tu sais très bien. Pour... toutes les fois où j'ai été bête avec toi, insista la jeune fille.

L'adolescent s'en voulut encore plus. Il avait oublié, sur le moment, le caractère si imprévisible de sa cousine. Elle pouvait être aussi tenace à questionner qu'à bouder.

– Mais non ! fit-il, de plus en plus agacé.

– Ne me dis pas que tu trouves que je n'ai jamais été bête avec toi !

– Non, pour ça, tu as été bête. Bête comme tes pieds et exaspérante à mourir. Comme maintenant, par exemple ! Mais tu es comme ça avec tout le monde !

– Merci ! ironisa Michèle. Mais... est-ce que tu m'en veux encore pour... pour le baiser à l'école ?

À ces mots, Lionel s'était arrêté à nouveau. Sans toutefois se retourner, son ton et ses poings serrés révélaient combien il était prodigieusement courroucé.

– Ne parle pas de ça. Plus jamais ! C'est loin. Tu voulais épater tes amies. Je t'ai dit alors ce que j'en pensais. Dossier classé et oublié.

Puis, il repartit de plus belle, accélérant le rythme, comme pour mettre le plus de distance possible entre sa jeune cousine trop curieuse et lui. Cette dernière, malheureuse tout à coup, lui emboîta le pas. Ce stupide pari était loin d'être oublié. Il lui en voulait encore, c'était sûr ! Deux ans auparavant, ses amies l'avaient mise au défi d'embrasser le beau Lionel. Michèle, à cette époque, ressentait le besoin de dominer, de choquer. Une demi-douzaine d'élèves furent témoins du spectacle. Aujourd'hui, elle se rendait compte de sa stupidité. Pressant le pas, elle rattrapa son compagnon.

– Faut faire quelque chose pour Marie-Jo. Elle, à notre place, n'hésiterait pas une seconde, tu ne crois pas ? déclara-t-il, la voix enjouée.

Elle comprit tout de suite que son cousin, en changeant la conversation, lui signifiait qu'il ne voulait plus revenir sur le sujet. Repentante, elle décida de respecter sa décision.

– Sans hésitation ! C'est sûr !

– Marie-Jo est formidable ! s'exclama le jeune garçon.

Tout à fait d'accord avec lui, Michèle se rappela les clubs sportifs que sa cousine organisait pour faire bouger les jeunes du village. Un été, ça avait été le ballon-panier, puis après, un club d'impro. Avec ses talents d'organisatrice et de médiatrice hors pair, les querelles ne duraient jamais longtemps. Drôle et spirituelle à ses heures, tout le monde l'aimait. Impossible d'être son ennemi. Même ses envolées philosophiques, teintées de sa dynamique foi religieuse, plaisaient.

– Même quand elle nous assomme avec ses sermons, pensa-t-elle tout haut.

– C'est drôle ? C'est ce que j'aime le plus chez elle, renchérit Lionel.

En effet, Marie-Josée prônait fièrement son attachement à Dieu et défendait farouchement son point de vue, même lors des loisirs qu'elle organisait.

Cependant, Michèle se contentait, le plus souvent, de se tenir à l'écart. Maintenant, elle regrettait sa retenue. Elle aurait dû participer aux jeux ou aux débats de sa cousine et meilleure amie. Comme celle-ci lui manquait ! Et s'il était trop tard…

– Lionel…, fit-elle subitement, si elle est morte ! Si c'est la réponse qui nous attend…

– Pense pas comme ça ! Il faut espérer qu'elle est vivante.

– Mais si elle ne revient jamais, qu'est-ce que je vais faire ? coupa Michèle avec de l'émotion dans la voix.

– Concentre-toi sur le moment présent, l'encouragea son cousin. On a une surprise pour toi.

La jeune fille fronça les sourcils.

– C'est quoi ? interrogea-t-elle, la curiosité prenant le pas sur l'inquiétude.

– Tu vas voir ! fit Lionel, du soleil dans le sourire.

Ils arrivèrent à l'intersection qui menait au lac aux Grenouilles. En fait, l'étroit chemin était le vestige d'une ancienne route abandonnée depuis des lustres. La nature avait repris ses droits, et du légendaire ruban noir qui grimpait en douceur au cœur de la montagne, il ne subsistait qu'un long cordon crevassé et bosselé où poussaient de mauvaises herbes, de petits arbustes et des pissenlits. Mais quelle ne fut pas la surprise de Michèle en voyant Julien qui tenait en bride deux magnifiques chevaux sellés qui piaffaient d'impatience à ses côtés ! D'abord interdite, la jeune fille regarda Lionel et Julien tour à tour.

– Non ! Il n'en est pas question ! Je n'ai jamais monté à cheval ! objecta-t-elle de toutes ses forces, les yeux exorbités.

Comme s'il ne se sentait pas apprécié, le cheval le plus impressionnant secoua vivement la tête en piaffant.

– Alors, déclara Julien qui tenait la bride de l'étalon mécontent, il est grand temps de commencer ! Je te présente Scotch.

Le fringant destrier à la robe sombre et à la stature robuste avait fière allure. L'adolescent tendit la bride de l'autre monture à son frère.

– Et elle, fit Lionel en attrapant l'animal par son licou, c'est Brandy.

La jument, plus petite, semblait plus calme que son congénère mâle. Son pelage, plus pâle et moucheté, aidait à la rendre plus douce et à inspirer confiance.

L'espace d'un instant, Michèle interrogea les deux garçons du regard. Ceux-ci, emportés par la joie du moment, ne laissaient planer aucun doute sur leur ferme décision.

– Quoi ! s'exclama la jeune fille en se tournant vers Lionel. Toi, dis-lui que c'est impossible !

– Impossible n'est pas français, répondit l'adolescent d'un air taquin. Pour une fois, Julien a eu une très bonne idée.

– Mets-toi donc de son côté pendant que tu y es !

– Je ne suis du côté de personne, rétorqua Lionel.

Rayonnant, il grimpa sur son cheval d'un seul élan, en tenant les rênes.

– Profitons-en, Julien a emprunté Scotch et Brandy pour tout l'après-midi.

– Hé oui ! acquiesça le garçon, en se mettant à son tour en selle. Allez, ma belle, mets ton beau petit pied dans l'étrier.

Il tendit la main à la jeune fille.

Tout allait trop vite pour Michèle. Elle avait peur. En plus, elle détestait qu'on l'appelle « ma belle ». Ayant l'intention de le remettre à sa place, elle se tourna vers Julien, mais le regard de celui-ci l'a mis au défi. Le sourire moqueur, il ne croyait pas vraiment qu'elle aurait le courage de monter. C'était clair ! Une poussée d'orgueil envahit l'adolescente. Comme pour se donner du courage, elle prit une bonne respiration. Résolue à ne pas lui donner raison, elle installa son pied dans l'étrier, accepta sa main et avec un élan dont elle ne se serait pas crue elle-même capable, se retrouva juchée sur le dos de l'animal. Elle ressentit un léger vertige.

Impressionné, Julien ne dit rien. Seule la disparition de son sourire espiègle indiquait son admiration.

– Bon ! fit-il. Tiens-toi bien ! On décolle ! Huuuuu !

Scotch partit au galop sans plus attendre. Michèle, surprise de ce départ brutal, se cramponna plus fermement à la taille de son cousin. Son regard lança des étincelles. « Je suis sûre qu'il l'a fait exprès ! »

Lionel les suivait quelques mètres plus loin.

– Ralentis, t'es fou ! cria Michèle, morte de peur.

– Arrête de me tenir comme ça, tu m'étouffes ! s'exclama Julien en riant.

Mal à l'aise, elle desserra légèrement son étreinte.

– T'en fais pas ! Tu n'as rien à craindre avec moi ! ajouta le jeune cow-boy à contre vent.

Étrangement, elle le crut. Après quelques minutes, le corps crispé de la jeune fille se détendit un peu. Puis, adoptant de plus en plus le rythme du cheval, elle se sentit moins nerveuse. C'était comme une danse. Julien lançait des cris de joie. Des « Hourra ! » et des « Youpi ! » résonnaient dans la forêt. Cette euphorie contagieuse se propagea jusqu'à Lionel. Les branches mortes et les feuilles qui jonchaient le sol craquaient sous les sabots. Le vent fouettait leur visage et faisait redresser leurs cheveux de même que les crinières des chevaux. Michèle voyait défiler, à une vitesse vertigineuse, tout autour d'elle, sa chère forêt d'érables et de sapins verts. L'air embaumait d'odeurs sublimes. Le paysage présentait tout son charme et tous ses secrets. La forêt jaillissait en un long couloir brun et vert. Avec peine, la jeune cavalière reconnaissait ses points de repère : ses caps chéris, où elle aimait faire halte pour pique-niquer avec Marie-Jo ; ses arbres creux où, avec son amie, elle adorait cacher des messages secrets ; la petite source...

– Ahhhhh ! cria-t-elle tout à coup, en s'agrippant plus fort à la taille de Julien.

Il venait de faire sauter leur cheval par-dessus la petite source et pendant quelques secondes Michèle avait cru s'envoler dans les airs. Quelle sensation !

Elle continua d'admirer le panorama. Sa forêt lui offrait une nouvelle perspective. Ils fendaient l'air comme si le monde leur

Les enquêteurs en herbe

IL FALLUT bientôt ralentir. Impossible de galoper à grande vitesse dans la dernière partie de la piste qui se rétrécissait. Prudent, Julien contraignit Scotch à trotter. Pour éviter les branches d'arbres trop basses, les trois cavaliers durent pencher la tête plusieurs fois. Ce changement d'allure alerta Michèle. Plus ils s'approchaient du lac, plus la jeune fille revenait à la réalité.

L'endroit était redevenu désert. À la vue du lac, si calme, si sauvage, si pareil à son souvenir, une forte anxiété s'empara d'elle. Impressionnée de revoir l'endroit où Marie-Jo avait disparu, ses bonnes dispositions s'envolèrent en fumée.

– Je veux partir ! s'écria-t-elle en secouant la tête vigoureusement. J'ai changé d'idée.

– Quoi ! On aurait galopé jusqu'ici pour s'en retourner maintenant ! Oh ! non ! On y est, on y reste ! répondit Julien, cruellement moqueur.

– Je ne peux pas, fit la gamine apeurée en détournant son regard du lac.

– C'est stupide ! Il n'y a rien, comme tu vois ! répliqua-t-il en descendant de cheval et en entraînant sa cousine à sa suite.

Lionel mit pied à terre à son tour. Les deux frères attachèrent les brides des chevaux à un arbre. Encore excités par cette randonnée, ils n'écoutaient plus les jérémiades de leur compagne. Julien décrocha l'une des sacoches fixées sur la selle de sa monture et y plongea la main pour en sortir deux *KIT KAT*.

– Tiens ! Pour Brandy ! déclara-t-il en lançant une tablette à Lionel.

– Hé ! s'exclama ce dernier en l'attrapant. Il me semble que M. Dumoulin ne veut pas qu'on donne du chocolat à ses chevaux.

– Bof! Une fois n'est pas coutume. Et ils ne l'ont pas volé, tu ne trouves pas ?

– C'est vrai, approuva-t-il en contemplant les bêtes avec admiration.

Les naseaux frémissants, celles-ci hennissaient, secouaient leur tête et tapaient du pied. Le joli couple profitait avec joie de ce repos bien mérité. Les garçons flattèrent le cou de leurs montures, leur prodiguant des encouragements avant de leur présenter les morceaux de chocolat.

– Ouais ! C'est bon, hein ! fit Lionel en caressant la crinière de la jument baie qui se régalait.

– C’est incroyable combien ils peuvent raffoler des *KIT KAT*. J’ai essayé plusieurs sortes, mais c’est encore cette marque qui a leur préférence, remarqua Julien.

Enthousiastes, les deux adolescents quittèrent les chevaux qui mastiquaient lentement leur friandise. Penaude sur le bord du lac, les mains jointes comme si elle priait, Michèle les observait en silence.

– Vous avez senti ça ! siffla Lionel, les yeux pleins d’étoiles. C’était incroyable ! On avait l’impression de voler. Ça, c’est de l’équitation !

– Oui, extraordinaire ! Tu as vu le saut qu’on a fait, Michèle et moi, au-dessus de la petite crique ! On n’a même pas reçu une goutte d’eau. Scotch est fantastique !

– Brandy s’est bien défendue aussi, rétorqua Lionel.

– Scotch et Brandy sont les meilleurs chevaux des écuries Dumoulin, approuva Julien.

Il sortit de son sac des lunettes de plongée, un tuba et des palmes. Michèle le vit retirer son maillot, chausser ses palmes, enfiler son masque étanche et fixer son tuba. Confiant, l’adolescent en devenait, trop souvent, arrogant.

– Si la police n’a rien trouvé, je me demande ce que nous faisons ici ? s’exclama soudain Michèle, en se tordant les mains.

– Tu n’as rien compris. Les flics pensent que Marie-Jo a fait une fugue. C’est pas eux qui vont se mettre en quatre pour la retrouver, crois-moi !

– Julien a raison, confirma Lionel, il n'y a que nous qui pouvons la trouver.

Généreux et soucieux des autres, le garçon se tourna vers Michèle.

– Dis-nous où tu as vu Marie-Jo pour la dernière fois ?

La jeune fille dirigea son regard vers le centre du lac. En pointant l'endroit du bout de ses doigts tremblants, ses yeux s'agrandirent d'angoisse.

– En plein... milieu. Mais n'y allez pas, les gars ! Je vous en prie ! Je suis certaine qu'il ne faut pas y aller. Il y a peut-être quelque chose au fond ! s'écria-t-elle, terrorisée.

– Mais oui, Michèle... tu as sûrement raison. C'est peut-être un monstre, fit remarquer le plus vieux en riant.

– Oui, ajouta le plus jeune, qui décida de suivre son frère sur le ton de l'humour. Il s'agit probablement d'une grenouille géante qui a emporté Marie-Jo pour venger le meurtre de tous ses bébés.

Les deux adolescents pouffèrent de rire.

– Vous n'êtes pas drôle ! se défendit-elle en éclatant en sanglots.

– Prends pas ça comme ça, fit Lionel, soudain conscient de sa bêtise. C'était juste une farce.

– Une farce plate ! reprocha la pauvre gamine.

De toutes ses forces, elle voulait croire que Marie-Jo vivait encore, mais la peur de se retrouver sur les lieux du drame l'emportait.

– Écoute, Michèle, se défendit Julien, on est aussi nerveux que toi. Penses-tu que ça nous amuse de chercher tout en sachant ce qu'on pourrait trouver ? Alors, on fait des blagues pour détendre l'atmosphère, pour ne pas trop y penser. Sinon, on serait paralysés et on ne ferait rien. Marie-Jo serait alors bel et bien perdue à jamais.

Observant la peur qui se peignait davantage sur les traits de sa cousine, Lionel voulut la rassurer.

– Ne t'en fais pas ! On va aller jeter un œil chacun notre tour. Comme ça, on ne te laissera pas seule.

Il s'approcha d'elle et l'incita à s'asseoir. Julien avait commencé à explorer le lac. Le visage dissimulé derrière son masque de plongée et son tuba, chaussé de ses palmes et muni d'une lampe à l'épreuve de l'eau, il marchait difficilement. Avec ces grimaces et ces mimiques imitant une grenouille, l'adolescent avait l'air ridicule.

– Il ne peut pas rester sérieux plus de cinq secondes, fit remarquer Lionel, honteux, comme pour l'excuser vis-à-vis de sa compagne.

Enfin parvenu à l'endroit fatidique, le grand poisson-clown plongea. Michèle retint sa respiration.

– Oh ! non ! Il va se faire avaler, lui aussi.

Elle bondit sur ses pieds et tendit les bras en suppliant.

– Lionel, fais quelque chose. Empêche-le de continuer !

Son compagnon la retint.

– Non, laissons-lui encore un peu de temps !

L'homme-grenouille refit surface, enleva son tuba et vint les rejoindre. Il n'était demeuré, en tout et partout, que quelques secondes sous l'eau.

– Il y a un passage au fond du lac. On dirait une grotte. Je pense qu'on pourrait s'y glisser.

– Quoi ? Une grotte ? s'exclama Lionel, subjugué par la nouvelle.

Il tendit les mains vers son grand frère pour faire l'échange du matériel.

– C'est à mon tour.

– NON ! s'objecta Michèle, ce n'est pas prudent ! C'est de la folie ! On ne sait pas ce qu'il y a là-dedans !

– Pout, pout, pout, pout ! fit Julien, incorrigible.

Lionel sermonna le grand avant de se tourner vers sa cousine.

– Michèle, Julien va rester avec toi. Je reviens tout de suite, c'est promis ! Et en plus, je suis plus petit que lui. Si l'entrée est étroite, vaut mieux que j'y aille en premier.

– Il ne faut pas ! insista l'adolescente, retenant Lionel par la manche de son t-shirt.

Habitée par un très mauvais pressentiment, la jeune fille ne pouvait se résoudre à le laisser aller. Comme une véritable torture de l'esprit, elle revoyait l'image de Marie-Jo en train de disparaître. « Perdre Lionel aussi ? Non ! Pas question ! »

Mais son cousin était au moins aussi entêté qu'elle.

– Écoute, je veux retrouver Marie-Jo. Pas toi ?

Misérable, elle acquiesça à contrecœur.

Julien vint remplacer son frère auprès de sa cousine. Lionel revêtit, à son tour, le matériel de plongée. Pour creuser plus loin cette énigme, il devait obligatoirement plonger en apnée. Le jeune garçon s'était souvent amusé à retenir sa respiration sous l'eau. Néanmoins, son exploration lacustre ne devait guère dépasser une minute trente-cinq secondes, son record.

Julien et Michèle, accroupis côte à côte, attendirent. À l'extrême anxiété de la jeune fille s'ajouta un malaise dès qu'ils se retrouvèrent seuls. Le silence additionné aux révélations récentes des rencontres clandestines avec sa sœur n'étaient pas pour la rassurer. Elle avait toujours trouvé ce garçon antipathique. Se retrouver seule avec lui ne l'enchantait guère. Elle fixait avec appréhension l'endroit où Lionel avait plongé.

Vêtu uniquement de son short mouillé, Julien lui lançait des œillades de séducteur. Le crâne entièrement rasé, une boucle d'oreille à l'effigie d'une femme aux formes généreuses, des broches couleur argent dans son sourire goguenard, tout en lui affichait son excentricité maladive. Michèle frissonna. L'espace de quelques secondes, Julien lui apparut comme un fou dangereux. Heureusement, Lionel remontait à la surface. Soulagée, la jeune fille chassa aussitôt Julien de son imagination. Le garçon, qui venait de prendre toute la place dans ses pensées, sortait de l'eau, reprenant son souffle, son tuba pendant sur le côté de son visage ruisselant. Il déclara, entre deux respirations, le sourire fendu jusqu'aux oreilles :

– Je crois que j'ai trouvé un lac souterrain !

Michèle face à son destin

– Heu…, bégaya Michèle. Qu'est-ce qu… que tu veux dire ?

En s'appuyant sur ses genoux pliés, Lionel prit le temps de souffler. Créant des dizaines de petits diamants, le soleil scintillait dans ses cheveux mouillés et dans les gouttelettes qui pendaient le long de ses cils. Ses beaux grands yeux bleus brillaient de mille feux. Jamais il n'avait paru aussi beau qu'à ce moment, où la joie de la découverte l'habitait. Il s'assit près des deux autres.

– Je veux dire que Marie-Jo ne s'est peut-être pas noyée. Elle a sûrement découvert un aven, déclara-t-il, pétillant.

– Un aven ? interrogèrent Michèle et Julien à l'unisson.

– Oui, c'est une cheminée forée naturellement par l'eau de pluie qui creuse le calcaire des roches comme du gruyère. Je l'ai appris en géographie. Ça commence par une toute petite ouverture en forme de cylindre, puis après des milliers et des milliers d'années, cette action chimique de l'eau et du calcaire crée une grotte.

Il prit une longue respiration avant de poursuivre d'un ton enflammé.

– Oh ! si vous aviez vu ça ! C'était incroyable ! Fantastique ! Après avoir nagé cinq ou six mètres dans la cavité immergée, j'ai refait surface sans effort. Il y a eu une subite remontée du tunnel et là, une poche d'air. J'en ai profité pour faire le plein, vous pensez !

– Ah ! Je me disais aussi que tu as été long !

– Non ! coupa Lionel. Ne me dis pas que tu t'es inquiété ?

– Jamais de la vie ! Je sais ben trop combien tu tiens à me surveiller. Je savais que tu reviendrais. Si t'étais pas là, frangin, qui pourrait me dire de ne pas faire ceci ou de ne pas dire cela ? Sans toi, qui sait comment je pourrais tourner ! répondit Julien, cynique.

– Ouais ! Je te crois ! Tu sais que tu m'écœures ?

– Arrêtez de vous asticoter ! intervint Michèle. L'important, c'est que tu sois revenu. Et ne l'écoute pas. Nous étions morts d'inquiétude !

– Oui, oui ! c'est sûr ! Mais raconte la suite, proposa Julien, plus curieux que jamais. Qu'est-ce qui s'est passé après ?

Encore sous l'effet de la surprise de son exploration époustouflante, Lionel ne se fit pas prier.

– J'ai donc nagé en surface pendant encore cinq mètres. Ce drôle de boyau est sinueux comme un serpent. Puis, je me suis trouvé devant un cul-de-sac. J'ai plongé à nouveau. Très vite, je suis sorti de la cheminée pour me retrouver dans un grand cours d'eau. Je n'ai pas été plus loin. Mes poumons avaient été poussés à leur limite et il me fallait garder mes forces pour revenir. Mais il n'y a pas de doute, Marie-Jo a dû être emportée dans le lac souterrain.

– Tu penses vraiment que c'est ce qui s'est passé ? questionna son frère.

– Oui ! peut-être a-t-elle fait s'effondrer le plafond de la grotte qui passe juste en dessous ?

– Ou encore, l'entrée était obstruée par tout ce qui encombre habituellement le lac : la boue, les branches, les algues.

Lionel émit un sifflement approbateur.

– Ouais ! Marie-Jo, en marchant sur les débris, aura tout simplement débouché le trou !

– Avec toute la pluie qui est tombée en début de semaine, le déblocage du bouchon a peut-être créé une pression d'eau…

– … qui a entraîné Marie-Jo dans un courant descendant, conclut Lionel.

– Attendez, intervint soudain Michèle qui, fascinée, avait écouté l'étrange hypothèse, vous voulez dire qu'on est sur un lac souterrain ?

Angoissée, elle bondit sur ses pieds et recula instinctivement, comme si le cap où elle se trouvait allait s'écrouler subitement.

– Tout juste ! déclara Lionel, triomphant.

– Qui l'aurait cru ? Un lac souterrain à Saint-Mercien et c'est nous qui le découvrons ! Je vois déjà la tête des copains...

– Non, Julien, coupa brusquement son jeune frère, il ne faut pas en parler pour le moment. Cette découverte doit rester entre nous. La police ne nous croirait pas et on passerait pour des fous comme Mich... heu... enfin...

– Tu as raison ! acquiesça Michèle d'un hochement de tête.

– Alors, c'est d'accord ! fit Julien en se levant subitement, l'astre du jour dans le dos, tel un dieu soleil dictant ses ordres à son peuple. On se retrouve ici demain, à huit heures. J'organise tout. J'apporterai le matériel nécessaire. Je connais des collègues au centre d'équitation qui ont des équipements de plongée. Toi, Michèle, apporte un sac à dos avec des provisions et du linge de rechange. On ferait mieux de prévoir des vêtements chauds. Qui sait la température qu'il fait en bas ? Pense à emballer tes choses dans des sacs étanches pour qu'elles ne prennent pas l'eau. Tu vas voir, cousine, on va la retrouver, Marie-Jo !

Malgré l'enthousiasme de Julien, la jeune fille restait pétrifiée. Comme des milliers d'ennemis qui la condamnaient à la paralysie, ses pensées se bousculaient dans sa tête. « Partir en expédition dans des eaux sombres et sales ? Moi, sous la terre, dans une supposée salle souterraine où je pourrais rencontrer n'importe quoi ? Pas question ! »

– Oui, c'est sûr ! Marie-Jo est forte, ajouta Lionel, interrompant subitement les pensées pessimistes de Michèle. Mais elle est là-dessous, sans lumière et sans nourriture. Il faut aller la chercher. Nous allons profiter du temps qu'il nous reste pour nous informer sur tout ce qui a rapport aux expéditions souterraines.

Il se leva, déterminé plus que jamais dans son entreprise, et tendit sa main en signe d'accord.

Julien, toujours partant pour l'aventure et le danger, s'allia à son frère et déclama la célèbre devise :

– Un pour tous, tous pour un !

– Un pour tous, tous pour un ! approuva Lionel.

Toujours réunis, ils attendirent en silence que le troisième mousquetaire veuille bien signer le pacte à son tour. Leur regard interrogateur était tourné vers leur cousine.

– Mais..., fit celle-ci en tremblant, mais... heu... M. Trottier peut avoir besoin de toi.

– Nous ne livrons pas les fins de semaine, répondit Lionel.

– Mais toi, Julien, poursuivit Michèle, imperturbable. Ton travail au centre d'équitation ? Tu ne peux pas laisser tomber !

– Ha ! Les chevaux peuvent bien vivre sans moi pour quelque temps. Il y aura juste un peu moins de clientes, c'est tout. Tout le monde sait que les filles ne viennent au centre que pour me voir ! se vanta l'adolescent.

– Dis plutôt qu'elles pourront enfin faire du cheval tranquille, rétorqua Lionel en dégageant brutalement sa main.

– Tu dis ça parce que tu es jaloux, Lionel Messier !

– Jaloux, moi, explosa l'interpellé. Je m'en fous des filles. Elles peuvent bien se pendre à ton cou si ça leur chante. Mais celles qui le font ont toutes besoin de lunettes et d'un bon docteur, ajouta-t-il avec un grand éclat de rire vengeur.

Aussitôt, Julien, emporté par un élan de colère, le poussa durement.

– Imbécile, tu n'y comprends rien. Tu n'es encore qu'un bébé ! fit-il, les joues et les oreilles soudainement envahies d'une teinte pourpre.

– C'est toi l'idiot, répliqua Lionel.

Comme une danse improvisée, les deux frères se poussaient à tour de rôle, visiblement plus par amusement que par rancœur. Une seconde, leur visage exprimait des pantomimes de vengeance et la seconde d'après, ils pouffaient de rire.

– Ooooohhhhh ! Arrêtez ! trancha Michèle, complètement indifférente au spectacle des garçons.

– Oui, elle a raison. Ce n'est pas le temps de régler nos comptes, concéda Lionel à Julien, en guise de cessez-le-feu.

Le grand voyou, les narines encore frémissantes, regrettait de ne pas continuer les hostilités. Pour lui, se battre était le plus euphorisant des sports. Fier comme un paon, il adorait triompher devant les spectatrices.

– Bon, ça va, ça va. Mais ne pense pas toujours t'en sortir comme ça. J'aurai ma revanche un jour ! dit-il.

Habitué à ce discours, son frère haussa les épaules et se tourna vers sa cousine.

– Alors, Michèle, c'est entendu ? On compte sur toi.

– J'ai trop peur ! Je ne pourrai jamais entrer dans cette eau dégoûtante. Un jour, Marie-Jo m'a dit qu'elle avait vu des nids de couleuvres et toutes sortes de créatures gluantes.

– C'est inoffensif, la rassura Lionel.

– Je ne suis pas comme vous, moi. Je ne fais pas de l'escalade, de la plongée ou je ne sais quoi. Désolée, je ne peux pas. Je suis morte de peur ! cria-t-elle, la voix tremblante.

– Écoute, Michèle, c'est normal d'avoir peur. Ceux qui n'ont pas peur ne sont pas humains, déclara Lionel.

Comme pour concurrencer son frère, Julien ajouta :

– Tu sais, le véritable courage, ce n'est pas de ne jamais avoir peur. Mais c'est d'avancer malgré la peur.

L'adolescente, touchée malgré elle, flottait entre l'espérance et la crainte.

– Est-ce que je suis obligée de venir ? Après tout, ça ira bien mieux sans moi !

– Non, il faut que tu viennes, c'est vital ! affirma Lionel solennellement.

– Pourquoi ? fit la jeune fille désespérée.

– Parce que c'est toi l'amie de Marie-Jo. Tu la connais mieux que nous.

Sur ces mots, il croisa les doigts dans son dos. Seul Julien, derrière lui, pouvait le voir. Ce dernier émit un petit rire.

Le faux frère

– MAIS OÙ ÉTAIS-TU DONC, *la petite* ? grogna Henriette Messier.

Furieuse, cette dernière s'activait à la préparation du souper devant la cuisinière et agitait chaudrons et ustensiles brutalement.

– J'ai fait une balade… ici et là ! répondit Michèle, les yeux rêveurs.

Un sourire spontané étira ses lèvres, lui conférant une brève image de bonheur. L'espace d'un instant, l'adolescente, à la mine habituellement désagréable et sèche, s'était transformée en une jeune fille douce et belle.

– Ici et là ! répéta sa mère en fronçant les sourcils de surprise.

Dans un geste manifestement familier, elle saisit son verre de rhum, le vida d'un seul trait et le reposa sur le comptoir avant de poursuivre.

– Eh bien ! voyez-vous ça ! Hier, pas moyen de lui faire sortir un mot de la bouche, et voilà qu'elle nous sort son grand vocabulaire et des sourires béats comme si elle venait d'être nommée Miss Beauté ! Où es-tu allée ? Je veux savoir !

– Ooohhh ! Pas loin ! Autour de la maison, se défendit Michèle en se pinçant les lèvres pour se retenir de sourire.

Elle ne pouvait s'empêcher de penser à sa merveilleuse chevauchée. Même l'attitude rêche de sa mère n'ébranlait pas son euphorie. Moins nerveuse qu'au départ, elle avait trouvé le retour emballant. « Cette sensation de liberté ! Cet émoi délicieux ! Cette impression de vivre ! » Michèle fut arrachée à ses souvenirs agréables par une voix de baryton égratignée.

– Eh bien ! *la petite* ! Dorénavant, quand tu voudras aller te promener autour de la maison, tu me le dis avant de partir, compris ! ordonna Mme Messier.

– Oui, maman, répondit Michèle, exaspérée.

– Et change de ton avec moi. Les Messier viennent de perdre une enfant. Il me semble que c'est normal que je m'inquiète si ma fille disparaît pendant plusieurs heures.

– Excuse-moi, maman !

La jeune adolescente ne souriait plus. Ses pensées avaient bifurqué vers les plans de ses deux cousins. Il ne pouvait s'agir que d'une folle aventure. Même si l'hypothèse se tenait un tant soit peu, il était peu probable que Marie-Jo ait survécu. Pourquoi s'embarquer dans ce périple insensé ? Non, pas elle ! « Galoper à cheval. Passe encore. Mais aller m'enfoncer dans l'inconnu, c'est de la folie. »

À ce moment, des bruits de pas résonnèrent de la salle familiale.

– Papa est au sous-sol ?

– Ah ! oui ! fit soudain sa mère, comme si elle venait de se rappeler quelque chose. Pendant ton absence, on a eu de la visite. Figure-toi donc qu'il a décidé de nous faire une belle surprise. Devine qui ?

– Heu ! fit d'abord Michèle en sentant ses cheveux se hérisser sur sa tête pendant qu'un long frisson parcourait son dos, envahie par une terrible intuition. Qui ?

– Robert ! répondit Mme Messier avec gaieté. Il veut nous apporter son aide dans cette épreuve. Depuis que ton grand frère est parti, je ne sais pas ce qu'on ferait sans lui.

Sa mère continuait à faire l'éloge de leur invité, mais Michèle ne l'écoutait plus. Seule une réalité restait présente dans son esprit : Robert Campanion, l'ancien ami de Jean-François, était à quelques pas. Elle pâlit sous son hâle. Chavirée, elle vacilla. Henriette interrompit brusquement son discours en se précipitant.

– Mais *la petite*, qu'est-ce qu'il y a ? Tu es toute pâle, pauvre Pinotte ! fit-elle en soutenant sa fille. Ce sont toutes ces émotions, bien sûr ! Assieds-toi. Je vais te servir une bonne soupe et tu iras bientôt mieux.

Comme si deux fers étaient apparus à ses chevilles, la jeune fille se laissa traîner jusqu'à une chaise.

❦

Il était venu à la nuit tombée. Il ne la libérera donc jamais ! Réquisitionnée, tel un objet fêlé, elle ne s'appartenait plus. Il n'avait pas changé. Elle reconnut tout de suite l'odeur de sa lotion après-rasage. À ces effluves, évocateurs d'images obsédantes, son corps se crispa. Elle connaissait le protocole par cœur. Sûr de lui, il passa sa main dans sa chevelure gominée. Ses yeux l'enveloppaient de chaleur ; sa voix, de douceur.

– Non, Robert ! objecta-t-elle faiblement, déjà hypnotisée par ses mots, par son regard.

Tourmentée par son terrible combat intérieur, elle réussit à balbutier :

– Laisse-moi tranquille.

– Je veux juste te parler, Princesse, la rassura-t-il en s'assoyant sur le bord du lit.

Sa belle voix l'apaisait et la réconfortait dans son récent chagrin. Il lui disait qu'elle était unique et digne d'être aimée. Que personne ne l'appréciait ni ne la comprenait… comme lui. Elle voulait le croire. Il la berçait de beaux discours.

Puis, petit à petit, ses gestes démentaient ses paroles…

Elle se mit à sangloter en silence dans son lit, mouillant son oreiller de ses larmes de petite fille, la bouche et les émotions bâillonnées. Sa démission l'écœurait. Cette nouvelle chute la précipitait encore plus profondément dans les fils de ce piège effroyable, le piège qui transforme l'innocente en coupable et le coupable en innocent. Le poids de sa faute et de son faux frère écrasaient son cœur vulnérable. L'inquiétant laboureur y traçait des sillons de désespoir, y creusait partout des trous d'indifférence et y ménageait des monticules de meurtrissures. Ses doigts en visitaient tous les recoins, déclenchant une musique discordante, des accords abominables et des notes écorchantes. Il y semait des graines d'émotions chaotiques, des semences de désirs déconcertants et des germes de sensations dévastatrices. Ce maelström de sentiments, intolérable infinité de précipices, était remblayé de pensées estropiées, puis cruellement arrosé d'une pluie vide d'amour. Cela provoquait une multitude de rides hideuses, invisibles à l'œil nu, sur cette jeune âme devenue, désormais, sèche, malade, vide, aliénée et laide. Dans cette succession d'égarements, la jeune fille, véritable désert d'affection, ne ressentait plus que la résignation, comme on accepte une maladie, comme on accepte une punition, comme on accepte la mort ! En vérité, il ne lui restait que ce plaisir amer : cette envie de se punir, cette envie de mourir ! Combien de fois s'était-elle réveillée avec cette haine, cette révolte et cette peur emmagasinées dans son cœur, dans ses veines, dans sa peau, dans sa gorge, comme des cris silencieux ? À l'issue de la rencontre avec son « propriétaire », Michèle en ressortait épuisée, oblitérée, effacée, comme on efface une ardoise, comme on efface un graffiti !

Dans son for intérieur, elle savait qu'elle n'était rien pour Robert Campanion. Rien du tout. Seulement de la chair humaine disponible ! Fin psychologue, comme cela lui avait été facile de détenir la clé de son silence ! Ses ignobles menaces ! Elle resterait muette jusqu'au tombeau. Il transformait son cœur en coffre-fort. « Oh, Jean-François, pardonne-moi ! » implorait son âme écrasée, suppliait sa vie brisée.

De toute façon, comment révéler cette énormité, cette monstrueuse vérité sans se trahir elle-même, l'instigatrice de tout ce gâchis ? Car elle était coupable… La souffrance que lui procurait cette pensée lui semblait plus supportable quand elle s'efforçait de perdre la mémoire, d'oublier, d'oublier… tout, jusqu'à sa propre existence.

Impuissante, elle n'avait plus d'espoir. Personne ne la croirait. Pour ses parents, Robert faisait figure de fils. Lorsqu'elle s'était confiée, sa mère l'avait profondément blessée par ses moqueries et ses insinuations perfides.

Impossible de livrer son secret. Si elle parlait, tout le monde l'accuserait ou la ridiculiserait.

Comme elle s'en voulait ! Au début, elle l'avait cherché, provoqué même ! Jean-François et Robert, les deux grands camarades, prirent très vite la mignonne fillette en affection, la cajolant, la gâtant, l'adoptant pour ainsi dire. Robert se transforma, jour après jour, plus en frère qu'en ami. Confiante, Michèle se laissa apprivoiser avec joie par cet être débordant d'attentions et de bonté. *Sa petite sœur*, comme il s'amusait à l'appeler avec tendresse, lui offrit, sans condition, son amour d'enfant. Plus tard, les jeux et les marques d'affection de cet artisan de l'amour se transformèrent. Ses gâteries aussi. Avec des clins d'œil incendiaires et des sifflements d'admiration, il la complimentait quand elle s'exhibait dans les vêtements coquets qu'il lui donnait en cadeau. Ses mains lui prodiguaient des ébauches de caresses. À la fois curieuse et flattée, Michèle avait répondu à ses marques d'intérêts. C'était plaisant, un jeune homme qui lui faisait de l'œil, à elle, fillette d'à peine huit ans. Elle se rappelait le bonheur secret de se sentir admirée, de cette jouissante victoire sur les filles de l'école. Ensuite, les événements lui avaient échappé. Elle s'était laissée engourdir par cette valse lente qui, sournoisement, goutte à goutte, distillait ses sens et sa raison. Quand, enfin, elle s'aperçut où tout cela menait, il était trop tard. Robert, comme maintenant, la quittait avec des avertissements, des ultimatums déguisés, des *chut* répétés sur un ton de menace. Il n'oubliait pas de lui rappeler, sur un ton qui faisait frissonner la jeune fille d'effroi, qu'il ne laisserait jamais personne les séparer. Elle était devenue l'esclave de cette relation toxique. Esclave de son secret honteux et inavouable ! À chaque nouveau symptôme de sa faiblesse, elle se retrouvait de plus en plus réduite au silence, au néant ! Après la mort de son cher Jean-François, les choses empirèrent, son frère adoptif se rapprochant encore plus d'elle, la couvrant encore plus d'étreintes consolatrices et de cadeaux empoisonnés. Ses parents, sans le savoir, multipliaient les occasions. Michèle s'était alors abandonnée à cette tendresse qui exploite plutôt que de n'en recevoir aucune.

Dans le secret de son cœur, elle se félicitait d'être au moins bonne à ça, puisque, apparemment, elle n'était bonne à rien d'autre. Mais, aussitôt cette pensée échappée de son esprit, elle souhaitait disparaître à jamais.

Longtemps après que Robert l'eut quittée, elle songea à Lionel et Julien. Elle sourit dans la nuit. Elle réentendait les deux frères crier de joie lors de leur promenade équestre et revoyait leur surexcitation au moment de leur découverte. Elle sourit encore de plus belle. L'enthousiasme des garçons était contagieux.

Soudain, Michèle ouvrit tout grands les yeux. Elle venait de prendre une décision. L'équipée de ses cousins paraissait peut-être insensée, mais elle comportait un avantage : celui d'être loin d'ici et surtout... loin de lui. Plus elle pensait à la folie de ce plan, plus elle y croyait, car maintenant, cette folie lui appartenait !

Une lueur inébranlable dans ses prunelles, Michèle était persuadée que cette solution serait sa porte de sortie, la libération de l'enfer que sa malheureuse curiosité d'enfant lui faisait payer depuis quatre ans. Ici, dans cette vie, elle était coincée dans un piège sans issue. Paralysée tout en marchant, muette tout en causant, le cercle infernal de cette supercherie d'amour, ce viol lent, la condamnait à disparaître dans l'abîme de la non-existence. Elle ne voulait plus vivre et taire sa souffrance. Elle souhaitait se libérer une fois pour toutes des chaînes du silence qui la retenaient prisonnière.

Ce monde qui était prêt à l'utiliser, mais qui se bouchait les oreilles quand venait l'heure de l'écouter, elle n'en voulait plus.

« Bientôt, vous serez libérés de *la petite Michèle* qui vous dérange tant avec sa franchise, sa rancœur et son âme qui crache et qui crie ! Adieu ! »

Marie-Jo à la dérive

APRÈS quelques secondes angoissantes, Marie-Jo comprit qu'il ne servait à rien de se débattre. Entraînée par une force inconnue, kidnappée par ce monstre liquide, elle retint sa respiration et pria de toute son âme. Mais, à peine avait-elle supplié Dieu de venir à son aide, que déjà, avec la rapidité de l'éclair, elle fut projetée, comme un bouchon de bouteille, sur un sol mousseux. Libérée du tourbillon, trempée jusqu'aux os, elle se mit à genoux, crachant, respirant à la fois tout en ouvrant grands les yeux. Mais... rien ! Une obscurité totale, épaisse et infranchissable ! Partout, il n'y avait que le noir. Un noir effrayant. Un noir de tombeau. Même ses propres mains placées devant son visage restaient imperceptibles. Prise d'une épouvante incontrôlable, elle tremblait de tous ses membres. De grosses larmes roulèrent lentement sur ses joues.

– MICHÈLE ! MICHÈLE ! cria-t-elle.

Sa voix rebondit sur des murs invisibles, d'effroyables bruissements d'ailes la frôlèrent, un clapotis fredonnait une mélopée lugubre et mélancolique. L'air frais la saisissait et provoquait en elle un flot de grelottements.

– MI... CHELLE ! MI... CH... CH... CHEEEEELLLLLE ! bégaya-t-elle, désorientée, à travers des sanglots de découragement et des claquements de dents.

Prostrée de longues minutes, elle ne reprit ses esprits qu'après un énorme effort de volonté.

– Je suis tombée dans le lac, dit-elle tout haut.

Aussitôt, l'écho de sa voix se fit entendre. La jeune fille ne put réprimer un nouveau frisson d'appréhension à cette rumeur, presque inhumaine, suivi d'un silence angoissant.

Elle venait de quitter une spirale infernale qui avait pris un malin plaisir à la secouer, à la brutaliser et à l'écorcher. Sur sa tête, un hématome jouait du tambour. La pauvre Marie-Jo n'était plus que plaies.

– J'ai été projetée ici, poursuivit-elle. Mais c'est où, ici ?

Sous ses mains endolories, une sorte de boue ? Difficile à dire. Plus profondément, une roche rugueuse ? Assise à ses côtés, la panique lui tenait la main. Marie-Jo devait combattre pour résister à cette compagne indésirable.

– Allez, un peu de courage. Le mieux est d'avancer dans ce maudit trou. Il mène sûrement quelque part.

Comme un escargot, petit à petit, elle se traîna. L'adolescente subissait les assauts de mille et une choses, tout aussi dégoûtantes au toucher, les unes des autres. Ces bestioles vagabondaient sur ses membres tremblants. Terrorisée, Marie-Jo chassait de son mieux cette armée de pattes nerveuses. Après quelques mètres dans cet enfer impénétrable, une crise de nerfs l'assaillit.

– Allons, lâche pas la patate, ma vieille, lâche pas la patate. Une chose est claire, il fait pas mal noir. Mais j'lâche pas la patate. Lâche pas la patate, ma vieille, lâche pas la patate. Une chose est claire, si j'veux voir la lumière, faut pas que j'lâche la patate..., fredonnait-elle, déjà à moitié folle.

Tout en chantant ce drôle d'air, la jeune fille reprit son chemin jusqu'à ce qu'une nouvelle crise vienne la terrasser. Ce scénario se répéta plusieurs fois. De temps en temps, il lui fallait rebrousser chemin et en trouver un autre, arrêtée soit par le lit du cours d'eau, soit par une cavité qui la pétrifiait sur place. Ayant perdu l'orientation, Marie-Jo se demandait si elle ne tournait tout simplement pas en rond. Son courage fut mis à rude épreuve quand des grondements sourds vinrent la surprendre.

Elle entonna alors des psaumes dans la noirceur pesante pour couvrir l'inconnu qui la tenaillait, pour couvrir ses pensées qui la torturaient. Son chant, véritable prière, bondissait de gauche à droite, remplissant un peu le néant qui absorbait de plus en plus son cœur. Cela lui fit un si grand bien qu'elle ne cessa de psalmodier ses cantiques préférés.

> L'Éternel Dieu est mon berger,
> rien ne me manquera.
> Dans des verts prés,
> il me restaure et me fait reposer.
> Auprès des eaux calmes et tranquilles,
> c'est lui qui guide mes pas,
> dans les sentiers de la justice
> pour l'amour de son nom.
> Lorsque je marche
> dans la Vallée de l'ombre de la mort,
> jamais je ne crains aucun mal,
> car tu es avec moi*.

Par moments, elle se débarrassait fébrilement d'une flèche par-ci, d'un lambeau de son foulard par-là, priant pour que ces maigres indices puissent la sauver. Car Michèle avait tout vu, raconterait ce qui s'était passé et les recherches allaient commencer. L'enfant perdue s'accrochait désespérément à cet espoir.

Tout à coup, Marie-Jo palpa une plante qui ressemblait à un champignon sous ses doigts gelés.

---

* Psaume 23, versets 1-4.

– Tant pis ! déclara-t-elle, consciente du danger. J'ai trop faim.

Courageusement, la jeune fille goûta d'abord du bout des lèvres. Une forte odeur nauséabonde vint à ses narines.

– Beurk ! C'est pas aussi bon que des cuisses de grenouilles.

Puis, elle l'avala en se pinçant le nez avant de fouiller pour trouver d'autres spécimens. Malgré le goût un peu aigre de ce repas de fortune, l'adolescente éprouva une étrange langueur, un curieux bien-être.

– Mi... chelle ! reprit-elle, somnolente, mais beaucoup plus faible cette fois, Mi... cheeeeellllle... n'importe qui...

Encore un peu tremblante, elle se recroquevilla sur elle-même comme un petit oiseau tombé du nid, resserrant ses ailes sur son corps meurtri.

– Je... vous en... prie, je... suis là ! Venez me chercher ! Au secours ! Mon Dieu, aide-moi ! murmura la jeune fille dans un dernier effort.

Cet ultime appel fait à son Dieu, en qui elle croyait fermement depuis sa tendre enfance, lui donna du courage. Sa voix n'était plus qu'un souffle qui s'éteignait. Puis, Marie-Josée Messier s'endormit, en boule, tel un embryon entouré d'un océan de ténèbres. Elle ne tremblait plus.

Le cours accéléré

– MÉGA GÉNIAL ! s'exclama Lionel en sortant de l'eau.

Depuis une bonne heure, les deux frères s'exerçaient à plonger. L'aîné donnait ses recommandations. Le plus jeune rayonnait de plaisir.

– Tout est en ordre, dit Julien en examinant l'équipement.

Lionel portait un masque étanche, un tuba, des palmes et une ceinture de plomb.

– Incroyable, magnifique ! reprit le jeune garçon excité.

– Oui, c'est fantastique, frangin. Mais attention ! Ça peut être dangereux, rétorqua le jeune plongeur.

– C'est pas un jeu ! J'ai compris. Tu me le répètes au moins pour la cinquantième fois.

– Prudence est mère de sûreté ! recommanda le spécialiste tout en continuant à tester le matériel. Bon ! Une dernière inspection et on pourra faire un deuxième essai.

– Attends ! Michèle n'est pas encore arrivée, objecta Lionel.

– Elle ne viendra pas.

– Laissons-lui une chance, insista le jeune garçon.

Les frères Messier s'obstinaient au pied de la montagne Noire. Faisant frissonner son manteau foncé, le vent courait sur la surface du lac. De gros nuages sombres annonçaient une journée orageuse. Seules quelques rares et braves bécassines, petits échassiers aux becs fins, s'aventuraient sur le rivage pour décamper aussitôt dans un vol spectaculaire, car Julien les effrayait de ses grands coups de palme. Ce dernier portait l'uniforme complet de l'homme-grenouille.

– Voyons donc ! Cette petite poltronne ne nous suivra jamais. Elle a peur de son ombre ! Une vraie poule mouillée !

– Mais il fallait bien que quelqu'un la secoue un peu, rétorqua Lionel.

– Juste ça ! Et tu crois que la personne qui réussira cet exploit ce sera toi ?

– Qui d'autre ! répondit-il d'un ton ferme, mais en fuyant néanmoins le regard de son frère.

– Ma parole ! s'exclama soudain ce dernier, les yeux agrandis par l'étonnement. Tu es amoureux d'elle ! Ha ! ha ! ha ! Elle est bien bonne, celle-là ! Le p'tit-cul, amoureux de *Miss Glaçon* !

Riant un bon coup, il n'en revenait tout simplement pas. Lionel, lui, rougissait jusqu'aux oreilles.

– Ce n'est pas vrai ! se défendit-il. Je veux juste l'aider. Tu imagines toujours le pire là où il n'y a rien.

– Ah ! poursuivit Julien. Essaye pas ! Maintenant, je connais ton secret ! C'est pour ça que tu veux tellement qu'elle vienne.

– Arrête ! coupa rageusement Lionel. Je te dis que c'est pas ça. Tu comprends tout croche, comme d'habitude. Et, je t'avertis, si tu commences à colporter cette connerie, Julien Messier, je te tue !

– Houuuuu ! railla-t-il, comme tu bous tout d'un coup ! Y paraît que la vérité fâche !

– Hé ! les gars ! entendirent-ils.

Ils sursautèrent. Comme une apparition provoquée par leur subconscient, Michèle se trouvait au bout du sentier, les hautes fougères dansant sur son passage. Elle tenait un sac à dos et une extraordinaire girafe en peluche, orange et noir, bien enveloppée dans un plastique transparent.

Les garçons, la bouche grande ouverte de consternation, ressemblaient à deux ouaouarons surpris en plein exercice de respiration. Julien se força à reprendre son sérieux. Lionel, lui, aurait bien voulu se cacher n'importe où !

– Michèle ! fit ce dernier après un long moment. Je... on... croyait... que tu ne viendrais pas.

– Oui, je sais, répondit-elle en déposant son compagnon inanimé par terre.

Complètement métamorphosée, la jeune fille effrayée avait disparu.

– J'ai changé d'idée.

Julien, ébahi, trouvait Michèle... resplendissante ! Son masque de froideur envolé, la jeune fille affichait une beauté à couper le souffle. Ses yeux vert émeraude pétillaient de bonheur et de volonté. Et que dire de son sourire... lumineux. Une âme nouvelle, belle et timide y était suspendue. Julien aurait bien voulu mourir pour un sourire pareil. Il tenta maladroitement de se calmer.

– Heu ! Mais... pourquoi as-tu apporté ce gros monstre ? s'exclama-t-il en montrant l'énorme girafe en peluche.

– C'est Franky ! Il doit absolument faire le voyage avec moi.

Michèle serra son ami dans ses bras, faisant craquer le plastique qui le recouvrait. L'objet était pratiquement aussi grand qu'elle. Julien haussa les épaules d'indignation.

– C'est d'accord ! déclara Lionel complaisant, mais on va l'attacher pour qu'elle ne te gêne pas.

Cependant, le responsable de l'opération, encore sceptique, testa Michèle :

– Je t'avertis, ça ne sera pas une partie de plaisir.

– Je sais, répondit-elle.

– On risque de rencontrer des difficultés imprévues.

– Je sais, mais je veux y participer.

– Tu es sûre ? insista encore l'adolescent.

– Oh ! arrête de la décourager ! s'objecta Lionel.

– Bon, bon ! finit par déclarer Julien. Mais je t'aurai prévenue.

Après un geste éloquent de résignation, il commença à donner ses instructions. La jeune fille fut touchée par la prévenance du garçon. Il était plein de gentillesse et de compréhension pour elle. Admirateur, malgré lui, du courage de sa petite cousine, il la traitait avec un respect nouveau.

Il montrait le matériel à son apprentie plongeuse. Impressionnée par la combinaison noire à rayures jaunes du jeune homme, qui ne laissait s'échapper que ses bras bien proportionnés, cette dernière l'écoutait avec attention.

– Il suffit d'enfiler cet équipement, de connaître la bonne technique pour glisser dans l'eau et nous nagerons comme des poissons. Tu vas voir, c'est extra !

Mini-bouteilles à oxygène, lampes étanches, casques de sécurité et autres objets étaient étalés par terre. Se sentant l'âme d'un explorateur, il se réjouissait de cette expédition.

Les deux adolescents aidèrent leur cousine à mettre son équipement de plongée. À l'instar de Lionel, Michèle portait seulement les palmes, le masque de plongée, l'embout buccal branché au robinet de sa bouteille d'oxygène accrochée dans son dos. Quand vint le temps de fixer la ceinture de plomb, la jeune fille, surprise de sa pesanteur, interrogea ses compagnons :

– Ça sert à quoi ?

– Ça nous permettra de descendre en profondeur, répondit Julien, car le corps flotte. En ajoutant du poids, on pourra nager au fond plus facilement.

– Regarde, j'ai tracé un plan de l'aven, fit Lionel, frémissant d'excitation, en dépliant une feuille de papier.

Les trois jeunes examinèrent le dessin qui représentait le lac, vue en coupe. Une sorte de boyau était relié à une immense cuvette en forme d'entonnoir. Ça ressemblait à un grand lavabo avec sa plomberie en forme de « S ». La jeune fille sentit son cœur s'emballer.

– On a de l'oxygène pour trente minutes environ. Mais je suis sûr qu'on refera surface bien avant, précisa le jeune garçon. Enfin… je l'espère !

– T'en fais pas, rassura Julien en notant la peur dans les yeux de Michèle. Je vais tout t'expliquer.

Ils commencèrent le cours par des exercices faciles, afin de familiariser Michèle au matériel de plongée. Elle avait du mal à s'habituer à l'appareil respiratoire.

– Ah ! c'est froid ! s'écria-t-elle brusquement. Saisie par le contact de l'eau, elle laissa tomber l'embout buccal de sa bouche.

– Michèle, fit Julien en riant, tu ferais mieux de ne pas parler, quand tu plonges.

Avec un clin d'œil d'encouragement, il replaça son appareil. Les premiers essais de Michèle ne furent pas très glorieux, mais avec de la patience, de bons conseils et de l'enthousiasme, la jeune fille arriva à mieux maîtriser la technique. Elle fut surprise de découvrir en Julien, si souvent moqueur et superficiel, un professeur talentueux. Sur de vieux casques de vélo et de hockey dont les enfants téméraires se coiffèrent, ce dernier avait fixé des lampes de poche étanches à l'aide de ruban adhésif noir, leur laissant ainsi les mains libres.

Le cours de plongée en accéléré prit tout l'avant-midi, si bien que l'heure du dîner était déjà dépassée quand ils furent enfin prêts à plonger dans la grande aventure. Julien attacha deux cordes de trente mètres bout à bout à une vieille souche solide et relia l'autre extrémité autour de sa taille.

– Attachez vos mousquetons à la corde et vous me suivrez, ordonna-t-il.

– Et toi, tu vas suivre qui ? se moqua Lionel.

– Moi, j'ai mes griffes !

Il montra les instruments en question. Il s'agissait de crochets qui aidaient le plongeur à se diriger au fond de l'eau quand des obstacles nuisent à sa progression.

– Je ne pars jamais sans elles, ajouta-t-il avec un grand sourire.

À son signal, ils se munirent tous les trois de leur sac. L'adolescent leva le pouce en signe d'assentiment. Puis, il enfonça l'embout buccal dans sa bouche. Ses compagnons l'imitèrent. Julien hocha la tête. Dans un geste, il leur rappela qu'ils devaient bien tenir la corde. Michèle et Lionel acquiescèrent en agrippant le câble. L'heure n'était plus à l'amusement. Ils savaient tous les trois qu'ils ne partaient pas en croisière. À ce moment précis, une pluie fine commença à tomber. Julien ne s'en soucia pas et, d'un ultime signal, il plongea tête première dans l'eau. La ceinture de plomb l'entraîna aussitôt vers le fond.

Le lac souterrain

LES TROIS JEUNES INTRÉPIDES s'engouffrèrent dans les entrailles du lac aux Grenouilles. Le cœur battant, Michèle suivait Julien. Quant à Lionel, il talonnait sa cousine de près et Franky complétait cette étrange cordée. Après quelques secondes angoissantes, la jeune fille respira mieux avec sa bonbonne. Elle put alors se concentrer sur ce qu'elle voyait. Les deux rais de lumière, de chaque côté de sa tête, lui ouvraient le chemin sur un univers secret, féerique, habité de zones obscures par endroits et de roches chatoyantes à d'autres. Inimaginable ! Baigné d'un silence inexploré et alarmant, le mur circulaire était composé de saillies rocheuses, quelquefois déroutantes, qui surgissaient sans avertissement. Il fallut un certain temps à l'adolescente pour s'habituer à ces apparitions fantomatiques. À un moment donné, la cheminée formait un coude et ils durent se plier en deux pour pouvoir passer.

Tout à coup, Michèle reçut brutalement les palmes de Julien sur son casque. La surprise faillit lui faire lâcher son tuba. Elle se ressaisit juste à temps, crispant les dents plus fort. Le conducteur de l'équipée n'avançait plus. Maintenant, c'était au tour de Lionel d'être emprisonné. On aurait dit un bouchon de circulation. Plus possible de continuer. Le meneur tira sur la corde derrière lui, mais en vain. La situation affolante provoqua une agitation de corps et de palmes, soulevant la vase qui jonchait le sol du tunnel immergé. Comme s'ils se débattaient dans de la mélasse, de gros nuages de vase les entouraient de toutes parts. Épouvantée, Michèle lâcha momentanément la corde. Fébrilement, les yeux agrandis par la panique, elle déploya des forces insoupçonnées pour chercher une issue. Mais elle ne réussit qu'à faire des roulades spectaculaires, des pirouettes désordonnées et une exploration douloureuse des aspérités rocheuses. Quand, enfin, un peu calmée par ce traitement désagréable, elle récupéra le câble entre ses doigts, elle l'agrippa de toutes ses forces et, dans une tentative désespérée, tira dessus. Les trois explorateurs en détresse, soudain réunis dans un même effort, finirent par faire céder le cordage récalcitrant. En s'aidant de ses précieux crochets, Julien put enfin poursuivre dans le dédale de la galerie noyée.

Rapidement, ils firent surface en se frappant la tête contre leur casque. Une mince poche d'air séparait la voûte de la caverne et le lac souterrain dans lequel ils venaient d'aboutir. C'était rassurant, suite à l'incident de la cheminée. Ils continuèrent à nager à la surface pendant quelques mètres. Plus ils progressaient, plus l'eau se refroidissait et plus le plafond s'élevait. Bientôt, leurs pieds pouvaient toucher le sol. Julien enleva son tuba.

– À partir d'ici, nous pouvons économiser l'oxygène, dit-il.

Michèle et Lionel firent de même.

– Mais qu'est-ce qui s'est passé dans l'aven ? On l'a échappé belle ! se plaignit ce dernier.

Il tira le câble auquel ils étaient reliés. Son grand frère vint lui prêter main-forte.

– Ça alors ! si on pêchait le poisson, plaisanta Julien, je dirais qu'on en a attrapé tout un !

C'est au prix d'un grand effort qu'ils purent enfin extirper de l'eau une grosse masse molle et informe.

– Oh ! Franky ! s'exclama Michèle.

Elle prit la peluche dans ses bras. Toute gorgée d'eau, à moitié éventrée et le cou pendant misérablement, la pauvre girafe avait piètre allure. Une longue broche de métal tordue émergeait de la chose. Le sac en plastique qui l'enveloppait était en lambeaux.

– Je savais qu'on n'aurait pas dû apporter ce toutou ridicule, critiqua Julien, furieux. Ce n'est pas une place pour des jouets de bébé. Tu as failli nous tuer, espèce d'imbécile !

Michèle, ébranlée par l'accusation, pencha la tête, malheureuse.

– C'est inutile de la blâmer. C'est fait maintenant, défendit Lionel.

Ce dernier dirigea ses lampes alentour. Seule une voûte caverneuse et sombre les entourait.

– Continuons ! ordonna-t-il.

Bientôt, ils arrivèrent dans une vaste caverne où ils purent mettre les pieds sur la terre ferme.

– Extraordinaire ! Regardez-moi ça ! s'exclama Lionel, renversé.

– Incroyable ! C'est immense ! renchérit Julien.

Trop agitée pour dire quoi que ce soit, Michèle restait sans voix, Franky, pesant une tonne dans ses bras. Amplifiées par la dimension démesurée de la grotte, les voix de ses cousins paraissaient venir d'un autre monde.

« C'est une ville souterraine ! » se dit Michèle, complètement pétrifiée par ce qu'elle voyait.

Dans la caverne, il y avait une véritable éruption de stalagmites, de stalactites, de cônes, de sphères, de cylindres et autres protubérances qui régnaient en propriétaires dans cet abri naturel. Dans cette colossale bataille entre le roc et l'eau, pas de vainqueur ni de perdant. Les foisonnements de ces deux forces inexorables prouvaient, à eux seuls, leur combativité féroce. Le cours d'eau se transformait. Tantôt large, tantôt étroit, il serpentait à gauche et à droite, se ramifiant en de petits bras qui entraient dans des fentes disparaissant dans le roc. L'artère principale de ce réseau hydrographique se jetait dans une embouchure en forme de trou de serrure. Des rochers surgissaient, les uns en forme de tube, les autres en forme de gargouille inquiétante. Du plafond pendaient des milliers de spaghettis. Un léger vent voyageait partout dans les interstices, provoquant des sifflements mystérieux.

On avait l'impression de marcher dans la gueule d'un monstre géant. Vivante, la caverne vibrait de couleurs, de formes et de bruits inusités. Par moments, un cri fantomatique emplissait la cavité. Ensuite, le calme plat. C'était à la fois extraordinaire, féerique, hors du temps, mais aussi, très effrayant. Des stalagmites surprenantes s'élevaient sur les rives de la rivière souterraine, tendant leur pic à leur jumelle inversée. Les ténèbres opaques, que n'arrivaient pas à percer les faisceaux lumineux de leurs lampes de poche, se révélaient étouffantes.

Après s'être détachés de la corde et débarrassés du matériel de plongée, ils reprirent leur route, fascinés par la vision qui s'offrait à eux. La surface où ils posaient leurs espadrilles était mouillée et inégale. Il fallait à la fois regarder le sol et devant soi. Préoccupée par l'ambiance sinistre de l'endroit, Michèle n'y fit d'abord pas attention. Elle dérapa dans une glissade spectaculaire et tomba, essayant de se retenir avec ses mains et ses pieds. Elle laissa échapper à la fois un cri de surprise et de douleur. Aussitôt, une volée de chauves-souris passa au-dessus de leur tête.

– À terre ! s'exclama Julien.

Aplatis contre le sol, ils restèrent pétrifiés. Le calme revint dans l'immensité de la caverne. La figure plaquée dans la vase, Michèle tremblait de tous ses membres.

– C'est fini, ce n'était que des chauves-souris. Elles sont parties.

– Quoi ! Elles sont parties ! s'exclama la jeune fille, la voix chevrotante d'émotion, faisant ainsi écho à la réplique de Lionel, mais qu'est-ce qu'elles faisaient là ?

– Hé ! *la petite* ! s'exclama Julien, impitoyable. Je te l'avais dit que ça risquait de ne pas être de la tarte. Ce n'est pas le moment de se dégonfler. Si tu voyais ta tête, Michèle ! Hein, Lionel, n'est-ce pas qu'elle est drôle, la cousine ?

Lionel ne put retenir un rire à la vue de l'adolescente méconnaissable.

– Riez, riez ! s'indigna-t-elle. Vous autres, vous êtes peut-être venus ici pour vous amuser. Mais moi... moi, je suis venue pour...

Laissant sa phrase en suspens, Michèle, la face et les mains noircies de saletés dégoulinantes, se mit à pleurer à chaudes larmes. Aussi misérable et trempée que la jeune fille, une girafe en peluche déversait son pitoyable désespoir à ses côtés.

L'ange de Marie-Jo

LONGTEMPS après s'être assoupie, Marie-Jo émergea d'un étrange songe. Un petit être ailé, tout illuminé de douceur et de paix, lui avait parlé en souriant. Tout à coup, apeurée, elle écarquilla les yeux dans la nuit de la caverne. Un froid glacial la paralysa des pieds à la tête. Comme dans son rêve, quelqu'un lui tenait la main. De petits doigts entrelaçaient les siens ! Se dégageant instantanément de la main invisible, celle-ci emprisonna de nouveau la sienne. Étrange ! Le frisson d'effroi disparut, une bienheureuse chaleur l'enveloppa.

– Qui est là ? questionna la jeune fille.

Une brise légère embrassa son visage. Elle laissa ce doux murmure entrer à flots dans son cœur et dans son âme, comme un souffle de vie.

– Qui êtes-vous ? répéta-t-elle.

Elle entendit un murmure dans le vent.

– Michèle, c'est toi ? questionna Marie-Jo dans l'espoir d'une réponse.

Une lumière vive vint à elle. Puis, comme d'incontrôlables hallucinations, des images, tirées de très anciens souvenirs, remplirent les ténèbres. C'était un beau jour ensoleillé. Côte à côte, elle et Michèle se promenaient à vélo. La petite enfance ne les avait pas encore quittées. Sa cousine souriait en tournant la tête, de temps à autre, de son côté. Riant de bonheur, elle la trouvait heureuse dans ce minuscule moment d'éternité. Autour d'elles, flottaient tout plein de cirrus et de cumulus radieux. Brusquement, la scène fantasmagorique s'évapora dans un nuage rose jusqu'à ce qu'il ne reste plus qu'un microscopique point. Marie-Jo secoua la tête. Le point disparut.

– Michèle ! dit-elle en serrant plus fort la main de son amie invisible.

La jeune fille n'avait plus peur. Au seuil de la mort, elle concevait qu'un ange vienne lui tenir compagnie, l'escortant dans son dernier voyage, la soutenant dans sa solitude.

Autre flash : autour du feu de camp s'étaient regroupés Jacinthe, David, Marie-Jo, Michèle et Lionel. Ce dernier jouait *Les portes du pénitencier* à la guitare. Sa voix vibrait d'émotion. Dans cette soirée magique, tous se laissaient bercer, rêveurs. Mais Michèle pleurait en silence. Marie-Jo, tout près d'elle, avait remarqué sa détresse. Puis, la petite fille s'était enfuie avant la fin de la chanson. Encore une fois, l'image disparut.

– Qu'est-ce que ça veut dire ? s'interrogea-t-elle tout haut dans le noir absolu. Michèle n'est pas heureuse ?

Un autre souffle léger sur ses joues froides vint lui apporter la réponse. Et ce fut sous la forme d'un troisième souvenir qu'elle se matérialisa.

C'était aux fêtes. Elle devait avoir onze ans, Michèle en avait dix. Comme à toutes les veillées du jour de l'An, les Messier festoyaient chez l'oncle Pat. Un moment donné, Michèle et Marie-Jo s'étaient retrouvées dans le grenier. Les fillettes aimaient cette vieille pièce basse qui abritait des antiquités.

– Je crois que je suis très malade, avait déclaré tout à coup Michèle, gravement, en cessant de brosser les cheveux d'une vieille poupée.

– Comment ça ? demanda Marie-Jo nonchalamment.

Celle-ci jouait au cow-boy sur un cheval à bascule décoloré, beaucoup trop petit pour ses longues jambes.

– Oui, continua Michèle, je crois même que je vais mourir !

– Mourir ! Oh non ! Qu'est-ce que t'as ?

Michèle leva la tête vers son amie, puis la baissa aussitôt, malheureuse. Marie-Jo ne la prenait pas au sérieux, mais elle poursuivit quand même :

– Je suis atteinte d'un virus mortel.

– Il faudrait que tu voies un médecin, il pourra te guérir !

– Non, personne ne peut me guérir ! En plus, le virus est invisible. Personne ne peut le voir, même pas le médecin.

– T'es sûre ? questionna Marie-Jo, feignant de prendre un ton inquiet pour son amie.

– Sûr ! C'est un méchant qui me transmet le virus. Je le porte tout le temps en moi.

– C'est qui, le méchant ? questionna-t-elle.

La jeune fille se souvenait d'avoir pensé à ce moment-là que sa cousine était dotée d'une sacrée imagination.

– C'est un scientifique. Il fait des expériences sur moi.

– Comme Frankenstein ! rigola Marie-Jo qui, comme toujours, trouvait drôles les histoires de sa cousine dans lesquelles rôdait invariablement un méchant.

– Oui, pareille à Franken... comme tu dis, fit la petite fille en inclinant la tête davantage.

Michèle n'avait pas ri du tout !

Marie-Jo, dans sa prison obscure et froide, vit sa cousine pour la première fois ; infiniment malheureuse, infiniment résignée. Pas de doute ! Semblable à une révélation, l'adolescente comprenait maintenant. Son histoire de virus et du savant fou, ce n'était pas une histoire ! Quelqu'un lui faisait du mal. Il l'utilisait pour faire des expériences qui pouvaient tourner mal, comme dans Frankenstein. Dans le noir de la caverne, la jeune fille s'en voulait. Comment n'avait-elle pas compris à ce moment-là ? Michèle était en danger. Son amie criait à l'aide désespérément tout ce temps, mais elle n'avait rien fait !

– Mais comment l'aider aujourd'hui alors que je suis coincée ici ? supplia-t-elle, atterrée que sa conscience ait choisi cet instant pour s'aiguiser enfin.

Au moment même où elle faisait cette réflexion, la brise qui lui frôlait le visage changea de direction. Instinctivement, Marie-Jo suivit son parcours de la tête. Et là, devant elle, aussi surnaturelle et fascinante que puisse être une apparition quand tout semble perdu, un corridor apparut. C'était magique ! Une merveilleuse banderole fluorescente en forme de colimaçon. De sa vie, Marie-Jo n'avait jamais rien vu d'aussi magnifique et d'aussi chaleureux ! Cet enchevêtrement de perles chatoyantes formait distinctement, en son centre, un... cœur.

Poussée par cette force qu'elle n'aurait pas su décrire, Marie-Jo, confiante, se remit en route, mais cette fois, guidée par le corridor de lumière.

danger. Son amie criait à l'aide désespérément tout ce temps, mais elle n'avait rien fait !

– Mais comment l'aider aujourd'hui alors que je suis coincée ici ? supplia-t-elle, atterrée que sa conscience ait choisi cet instant pour s'aiguiser enfin.

Au moment même où elle faisait cette réflexion, la brise qui lui frôlait le visage changea de direction. Instinctivement, Marie-Jo suivit son parcours de la tête. Et là, devant elle, aussi surnaturelle et fascinante que puisse être une apparition quand tout semble perdu, un corridor apparut. C'était magique ! Une merveilleuse banderole fluorescente en forme de colimaçon. De sa vie, Marie-Jo n'avait jamais rien vu d'aussi magnifique et d'aussi chaleureux ! Cet enchevêtrement de perles chatoyantes formait distinctement, en son centre, un… cœur.

Poussée par cette force qu'elle n'aurait pas su décrire, Marie-Jo, confiante, se remit en route, mais cette fois, guidée par le corridor de lumière.

La caverne aux mille surprises

– MICHÈLE, n'aie pas peur ! Ce n'était que des chauves-souris.

Regrettant sa réaction de tantôt, Lionel cherchait à se faire pardonner. S'agenouillant tout près de sa cousine, il la prit dans ses bras et, avec tout l'amour et toute la sincérité de son jeune âge, tenta de la réconforter. Mais Michèle le repoussa en détournant la tête. Les vannes ouvertes, elle déversa de grosses larmes imprégnées d'anxiété et de colère. Plus Lionel cherchait à la consoler, plus les sanglots s'intensifiaient. Il recula, affligé, blessé dans son orgueil et vint rejoindre son frère. La jeune fille ne voulait pas de réconfort. Même dans cette minute intense, elle n'acceptait pas qu'on veuille réchauffer son âme glacée.

– Arrête de chialer ! interrompit Julien, tu trouves pas qu'on est assez mouillés comme ça ! Il ne faudrait pas faire monter le niveau de l'eau !

Des rires s'échappèrent de la bouche de ses compagnons, d'abord retenus puis de bon cœur.

– C'est pas chaud ici, fit remarquer Lionel en se frottant les bras énergiquement.

– C'est vrai ! frissonna Michèle, plus calme.

– J'ai tout prévu ! déclara Julien en abaissant la fermeture éclair de sa combinaison de plongée.

Puis, il se libéra de son sac à dos et y extirpa des bottes et des imperméables avant de les lancer à leur destinataire.

– Sortez vos vêtements de rechange. Il faut se changer rapidement, sinon on va attraper une pneumonie.

Les deux garçons commencèrent à se déshabiller. La lumière tamisée des lanternes les éclairait suffisamment pour voir l'essentiel. Affreusement gênée, Michèle se détourna, dégagea nerveusement ses vêtements du sac hermétique, mais les garda tortillés devant elle comme un bouclier. Immobile, incapable de faire un geste, la jeune fille tremblait autant d'émotion que de froid. Sans crier gare, des images s'imposaient dans son esprit. Impossible de les chasser. Elles revenaient inlassablement, impitoyables et dévastatrices. Le visage de Robert penché au-dessus du sien. Son sourire satisfait. Ses yeux fermés pendant qu'il prenait son plaisir, comme pour tenter de cacher son âme noire. Michèle ressentait l'habituelle souffrance aussi profondément que si elle avait été transportée à ce moment précis ; le même mal d'être, le même mal de vivre. Cette douleur dans son cœur, elle ne voulait plus la vivre. Non, jamais ! Combien de fois s'était-elle jurée qu'elle ne le permettrait plus ? Et combien de fois, en fin de compte, avait-elle cédé, comme un cercle vicieux ? Comme une drogue dont on ne peut plus se passer. Une folie s'empara de la jeune fille. Hypnotisée par ses souvenirs douloureux, elle restait résolument le dos tourné. « Non ! C'est fini ! » se dit-elle, inébranlable.

Car pour Michèle, décider de descendre dans cet orifice peu engageant ne représentait pas une preuve de courage, ni une soif quelconque d'aventure, ni même une conviction naïve de retrouver sa cousine vivante. Non, pour elle, cela signifiait se glisser au bout de son cauchemar pour ne plus jamais se réveiller. C'était son dernier cri de désespoir. Cette grotte pouvait bien être inquiétante, effrayante ou même abriter des créatures à faire frémir. Michèle s'en moquait. Sa résolution de la veille avait été plus forte que sa peur des cavernes mystérieuses. Mais voilà que la situation actuelle, inattendue et heurtant sa sensibilité exacerbée, mettait son audace, à elle seule, en échec. La jeune fille prenait soudain conscience de la réalité. Elle se retrouvait seule dans ce lieu lugubre avec, pour uniques compagnons, deux adolescents.

Hum ! Pour l'instant, il faut enlever ces vêtements trempés, c'est impératif. Sinon, tu vas tomber malade, et on ne sera pas plus avancé.

– Allez, ma cocotte, un peu de nerf! Mais si tu veux, je peux t'aider, y a pas de problème ! roucoula Julien.

L'humour cru du pince-sans-rire réussit là où la douceur de Lionel avait échoué.

– Non ! s'exclama précipitamment Michèle. Je peux très bien me débrouiller seule.

Cependant, Julien restait obstinément tourné vers sa cousine, le sourire fendu jusqu'aux oreilles, faisant mine d'attendre un spectacle. Lionel le bouscula sans délicatesse et le força à tourner le dos.

– Tu peux y aller. On ne regardera pas, tu as ma parole !

Complètement réveillée cette fois, la jeune fille réagit. De mémoire, elle ne se rappelait pas s'être changée aussi vite.

Non sans quelques éclats de rire incontrôlables de la part de Julien ni sans un certain malaise, ils reprirent l'exploration de la salle souterraine, en longeant le cours d'eau. Franky, abandonné derrière, n'offrait plus aucun réconfort à la jeune fille tourmentée par ses émotions. Julien avait récupéré un trente mètres de corde avant d'ouvrir la marche, tandis que Lionel, décontenancé et embarrassé par la réaction de sa cousine, conservait un bon écart derrière elle.

La jeune adolescente s'en voulait. Que devaient s'imaginer ses cousins ? Mise à part l'hilarité quasi permanente de Julien qui ne cachait pas son opinion, les deux adolescents ne questionnèrent pas leur compagne. Pourtant, ils auraient pu le faire. Michèle savait qu'elle avait blessé Lionel. Cette pensée lui fit plus de peine que tout le reste.

« Et en plus, cette gaffe risque de révéler mon secret. Je dois garder ça pour moi. C'est bien trop... laid ! J'ai trop honte ! » Elle ne supporterait pas les questions des autres, leur incrédulité. Elle avait bien trop peur de leur jugement.

– Attention ! Michèle ! s'exclama soudain Lionel qui voulut éviter qu'elle frappe une énorme stalagmite.

Interrompue dans ses pensées, la jeune fille sursauta et, dans un état second, sans remercier le garçon, contourna l'obstacle.

À partir de là, Michèle n'eut plus le temps de penser à son désespoir, tellement elle devait garder toute sa concentration. Par endroits, ils écrasaient une substance gluante et épaisse qui laissait échapper une odeur infecte, presque insupportable.

– Pouah ! Lionel ! Tu aurais pu te retenir. Tu lâches de ces pets. Tu empestes la caverne en entier ! se moqua Julien.

– Très drôle ! Regarde plutôt où tu mets les pieds si tu ne veux pas te retrouver par terre.

– Je suis d'accord, répondit-il en se pinçant le nez. Regardez-moi ces drôles de stalactites !

Sa toute petite voix comique les fit rigoler. Pointant ses faisceaux lumineux vers la voûte, Julien éclairait d'énormes stalactites sombres, différentes des précédentes. Instinctivement, les deux autres y dirigèrent leurs lampes en levant la tête.

– Chut ! murmura Lionel, ce ne sont pas des stalactites.

– C'est quoi ? questionna Michèle, apeurée.

– Ça ressemble à une énorme colonie de chauves-souris, et je vous conseille de ne pas les déranger !

Michèle frissonna.

Avec précaution, ils avancèrent dans la grotte, s'enfonçant toujours un peu plus dans les entrailles de la terre. Durant leur exploration dans la forêt souterraine qui s'agrandissait à vue d'œil, ils rencontrèrent, ébahis, une multitude d'animaux, véritable biodôme des cavernes. Jamais Michèle n'aurait cru voir autant de vie dans un endroit aussi obscur et inhospitalier. Plusieurs créatures déconcertantes y vivaient.

D'abord, les chauves-souris, couvre-plafond vivant, régnaient en maîtresses dans ce royaume. Elles obligeaient les trois adolescents à ne pas trop lever les yeux vers ce spectacle fascinant, car une pluie de matériaux désagréables leur tombait dessus. Des dizaines et des dizaines de faucheux, ces araignées au petit corps et aux longues pattes, arpentaient la caverne en alpinistes expertes.

Michèle chassait de son mieux des insectes inconnus qui s'accrochaient à ses vêtements. Déterminée à être courageuse, l'adolescente se retenait pour ne pas paniquer. Elle voulait oublier l'épisode précédent. Cependant, des ombres de rochers en forme de griffes surgissaient et prenaient vie sur les parois de la grotte à la lueur de leurs lampes, créant un décor d'apocalypse. Seul le ruissellement cristallin de l'eau lui paraissait rassurant.

Comme s'ils posaient les pieds sur une planète inexplorée, l'angoisse les étreignait tous les trois. À chaque pas, ils appréhendaient un danger, restant constamment sur le qui-vive. Dans ce dédale obscur parsemé d'obstacles dangereux, il fallait avancer avec prudence. Dans ce musée ténébreux qui exposait de bizarroïdes sculptures aux saillies tranchantes, il fallait constamment prendre garde. Chaque découverte insolite les faisait sursauter, soit de peur, soit d'étonnement. Ils virent aussi des petites écrevisses toutes blanches et des criquets cavernicoles. Cette vaste maison souterraine abritait une vraie pépinière de bestioles.

– Ouah ! s'exclama soudain Julien en s'arrêtant devant le cours d'eau qui coupait le chemin. C'est *flyé* au *max* !

Lionel et Michèle apercevaient à leur tour ce qui avait épaté leur aîné.

– Extra ! Il paraît que les animaux privés de lumière n'ont pas de pigments, déclara Lionel, émerveillé.

– Beurk ! C'est affreux ! Des poissons albinos ! fit Michèle avec une grimace.

À la lueur de leurs lampes, des crevettes d'eau douce quasi transparentes nageaient à la surface.

– Après ça, je n'aurai plus besoin de faire de dissection en bio, remarqua Michèle, la voix remplie de dégoût.

– L'école ! rétorqua Julien en se tournant furtivement vers sa cousine tout en recommençant à marcher. Tu n'y vas pas à moitié. Tout le monde sait que tu sèches tes cours.

Michèle et Lionel lui emboîtèrent le pas.

– Bof ! Pourquoi je me forcerais ? répliqua-t-elle, soudain amère. Pourquoi on nous oblige à aller à l'école, voulez-vous bien me le dire ? On nous apprend que le monde était pourri, qu'il l'est encore aujourd'hui et qu'en plus, dans l'avenir, il a toutes les chances d'être tout aussi pourri. Et ça, j'ai pas besoin d'user mes fesses sur une chaise à longueur de journée pour le savoir.

– Je ne suis pas d'accord ! s'indigna Lionel. Si on n'apprenait rien, on ne pourrait pas vivre cette expédition. On ne saurait rien sur toutes les merveilleuses choses qui existent dans le monde. Les possibilités du savoir sont infinies : guérir des maladies, résoudre des problèmes, devenir quelqu'un, améliorer et protéger notre planète, réaliser ses plus grands rêves...

Lionel chantait ces derniers mots plus qu'il ne les disait.

– Oui ! acquiesça Julien. C'est grâce à mes efforts si je peux entrer en techniques policières l'année prochaine. Et imagine ce que tu pourrais devenir, toi !

– Oh ! c'est facile pour vous deux ! Vous avez toujours de bonnes notes. Moi, je coule tout le temps. On n'arrête pas de me recaler ou de me mettre avec les allégés. Les « allégés », vous vous rendez compte ! Comment les autres peuvent-ils penser que je vais réaliser mes rêves avec l'étiquette « débile profonde » collée sur mon front ?

– Peut-être que si tu assistais aux cours, tu comprendrais plus la matière, se moqua Julien.

Lionel n'aimait pas le tour que prenait la conversation. Il sentait sa cousine fragile. Il ne voulait pas la bouleverser davantage.

– Arrêtez ! coupa-t-il. Gardons nos forces. On marche depuis trente minutes et le terrain est tellement accidenté qu'il faut avoir toute notre concentration si on ne veut pas...

– Aaaaahhhhh !

Le chef de file venait de lâcher ce cri de surprise.

– Aaaahhh ! s'écria Michèle par réflexe.

Julien avait disparu. Lionel stoppa net.

– Reste là, ordonna-t-il en passant à côté de sa cousine.

Il se dirigea à l'endroit où il avait vu son frère pour la dernière fois.

– Julien ! Julien ! hurla-t-il à tue-tête.

Aussitôt, une véritable pluie de stalactites leur dégringola dessus.

– Attention ! lança Michèle, la voix remplie de frayeur.

Érigeant d'instinct un rempart devant leurs yeux à l'aide de leurs bras repliés, les deux spéléologues amateurs demeurèrent paralysés par la surprise. On aurait dit qu'un ennemi invisible les bombardait de minuscules épées.

– Julien ! répéta Lionel, mais cette fois, moins fort, quand l'éboulement fut enfin calmé.

– Je suis ici, entendirent-ils d'une voix qui montait du sol.

Lionel se laissa guider par le son et vit, à ses pieds, une crevasse étroite, très peu visible. À plat ventre, à même le sol, il pencha la tête au-dessus du trou, pouvant ainsi voir son frère à environ trois mètres plus bas.

– Oh ! mince ! Julien, qu'est-ce que t'as fait ?

– Aaaahhh ! se plaignit ce dernier. Inutile de me faire la morale ! Aide-moi plutôt à sortir de là, merde ! J'ai mal ! Je... Aïe !... crois que j'me suis cassé la cheville.

– Zut ! s'exclama Lionel, contrarié, avant de s'adresser à sa cousine qui était toujours figée par la surprise, derrière lui. Michèle, tu peux approcher. Mais sois prudente. Surtout, ne crie pas. Le plafond nous tombe littéralement sur la tête.

Les malheurs de Julien

– LANCE-NOUS LA CORDE, enjoignit Lionel. On va te sortir de là.

Comprimé dans l'étroite déchirure du sol, Julien, avec des gestes de contorsionniste, finit par récupérer l'objet enroulé autour de son épaule et réussit à le lancer à ses camarades.

– Je l'ai ! s'exclama son frère en attrapant le cordage.

Michèle, saisie, se tenait, elle aussi, au bord du minicanyon, penchant la tête pour mieux voir.

– Eh ! Vous m'aveuglez ! s'écria Julien en clignant des yeux.

Aussitôt, la jeune fille se tourna vers Lionel.

– Tu vas m'aider, l'informa ce dernier tout en pratiquant un nœud à boucle.

Ce type d'attaches avait l'avantage de former un œil, constituant un excellent palan. Puis, le jeune garçon s'adressa au prisonnier du repli rocheux en lui relançant la corde :

– Passe-la sous tes épaules !

– J'ai compris, fit Julien.

Passer l'anneau autour de lui ne fut pas une mince affaire. Il se lamentait chaque fois qu'il devait s'appuyer sur son pied.

– Tu peux y aller !

– Bon, Michèle, tu es prête ? Je compte jusqu'à trois. À trois, on tire ensemble. Un... deux... trois !

Les deux cousins dégagèrent enfin le blessé de la trappe naturelle. Le jeune homme s'éloigna de l'orifice en se traînant, la souffrance le faisant grimacer.

– Oh ! ça fait mal !

– Attends, fit Michèle en s'approchant, laisse-moi voir !

– Toi, qu'est-ce que tu y connais ? questionna Julien sceptique.

– Tu oublies que Jean-François était infirmier. Il m'a appris des trucs.

– *Cool* ! Tu peux dire si c'est cassé ? s'enquit Lionel, penché à leurs côtés.

L'adolescente prit la cheville accidentée entre ses mains, enleva délicatement la botte de caoutchouc, fit glisser le bas et commença à palper l'endroit sensible.

– Aïe ! Doucement ! s'écria Julien.

– Ne bouge pas. Laisse-moi t'examiner, intima Michèle avant de poursuivre. Tu as eu de la chance. Ce n'est probablement qu'une foulure. Si tu avais une fracture, tu ne pourrais pas la bouger. Il n'y a pas d'écoulement sanguin sous ta peau. On ne perçoit aucun bleu. Et puis, ça te ferait bien plus mal.

– Parce que tu crois que ça ne me fait pas mal, toi !

– Eh bien ! Julien Messier ! se moqua Michèle. Il semble que t'es plus bébé que tu veux nous le laisser croire.

– Je voudrais bien te voir à ma place, se défendit le garçon.

– Penses-tu pouvoir marcher ? intervint Lionel.

– Es-tu tombé sur la tête ! reprocha Julien. Ça me fait un mal de chien rien qu'à bouger mon pied. Imagine marcher dessus !

– Il ne pourra pas s'appuyer sur sa jambe, confirma leur jeune camarade.

– Alors, qu'est-ce qu'on fait ?

Incapable de prendre le contrôle des opérations, Lionel était désarçonné. Sa cousine réfléchit pendant quelques secondes en balayant la caverne des yeux.

– D'abord, il faut immobiliser sa cheville avec un bandage.

– J'ai une trousse de premiers soins, informa Julien en sortant le matériel de son sac à dos.

– Génial ! fit-elle. Mais il faut de grandes bandes de tissus pour la compresse. N'importe quoi peut faire l'affaire.

Errant sur ses compagnons, ses yeux s'arrêtèrent sur le plus jeune d'entre eux.

– Je sais ! Déchire les manches de ton chandail.

– Quoi ? protesta d'abord Lionel, interdit.

– Allez, fais ce que je te dis.

En secouant la tête, l'adolescent enleva d'abord son imper, puis son polo et, torse nu, arracha ses deux manches.

– J'espère que tu sais ce que tu fais.

Il frissonna en tendant les morceaux de vêtement à Michèle. Elle s'en empara, se dirigea vers le lac, se pencha sur le bord et humecta les bouts d'étoffe.

– Super ! L'eau est glacée, dit-elle en tordant le pansement de fortune.

– Pourquoi les mouiller ? demanda Lionel qui se rhabillait pour se réchauffer.

– Pour minimiser l'enflure. Sa cheville commence à gonfler, expliqua la jeune fille qui était déjà retournée auprès de Julien.

– Ahhh ! lâcha ce dernier en recevant le tissu froid.

– Ouah ! Michèle, s'émerveilla Lionel. On dirait que tu as fait ça toute ta vie.

Étonné de découvrir un tel sang-froid chez sa cousine, le jeune garçon était admiratif. Elle recouvrit le cataplasme d'un bandage, releva le bas par-dessus, puis remit la botte en place. Encore secoués, ils restèrent sans bouger.

– Heu ! fit enfin Julien, mal à l'aise, merci, Michèle. Je me sens déjà mieux.

– Oh ! de rien ! Tu sais, ça m'a fait du bien. Ça m'a empêché de penser.

– De penser… De penser à quoi ? questionna soudainement Lionel, curieux.

– Oh ! à des choses négatives, répondit la jeune fille après une légère hésitation.

– Oui, surtout depuis que je suis hors d'usage, s'exclama le malchanceux. Je m'excuse. J'ai été stupide.

– Mais non ! Ça arrive à tout le monde de tomber ! encouragea Michèle.

– Non ! D'habitude, ça ne m'arrive pas, corrigea Julien.

– Ça fait changement ! glissa Lionel entre deux rires.

– Il vaut mieux se reposer un peu, les gars.

– Oui, pourquoi on ne casserait pas la croûte ? proposa le plus vieux des trois. Moi, je suis affamé !

– Bonne idée ! acquiesça son frère.

Julien déballa les provisions. Ils dégustèrent les denrées énergétiques et burent de l'eau. Cela leur fit du bien.

Un peu plus tard, ils reprirent les recherches. Lionel soutenant Julien, leur progression était lente et pénible. Les deux frères suivaient leur cousine qui ouvrait la marche.

– Attends, Michèle, cria Lionel, tu vas trop vite.

– Allez, les traîneux, un peu d'effort !

– Oh ! on est bien avancés maintenant ! On se fait dépasser par une fille, s'indigna l'orgueilleux. On devrait rebrousser chemin.

– Tu crois ?

– Je me traîne à peine. On n'y arrivera jamais... Ouuuuchhhh ! cria tout à coup Julien en s'effondrant par terre. Oh ! merde ! cracha-t-il.

– Quoi ? questionna Lionel.

– Je me suis éraflé le genou de l'autre jambe, expliqua Julien, le visage grimaçant.

– Ha ! Si tu voyais ton air ! Pour une fois que c'est toi qui écopes. Je vais me gêner. J'ai bien envie de te laisser en arrière pour que tu saches ce que ça fait comme effet.

– Oh ! arrête de te marrer ! Pis tout ça, c'est de ta faute. Je n'aurais jamais dû embarquer dans ton plan débile.

– Parce que c'est moi, l'irresponsable ? C'est toi qui t'estropies depuis tantôt en fonçant tête baissée sans regarder où tu mets les pieds !

– Espèce de p'tit con ! s'écria Julien, blême de colère.

Puis, il riposta de la seule manière qu'il connaissait : avec ses poings ! Les deux frères roulèrent tous les deux sur le sol, se labourant de coups.

– Sale morveux ! cracha Lionel.

– Petit merdeux ! répondit Julien.

Michèle vint les rejoindre.

– Mais à quoi jouez-vous, imbéciles ?

Elle chercha à les séparer, mais elle ne réussit qu'à se blesser sur les pierres acérées de la paroi rocheuse.

– Mais arrêtez, arrêtez donc ! cria-t-elle de toutes ses forces.

Aussitôt, un éboulement de concrétions calcaires, encore plus important que le précédent, s'abattit sur eux, remplissant l'air d'un bruit infernal qui se répercuta dans les couloirs en une longue agonie. Les garçons s'immobilisèrent sous l'attaque. Celle-ci ne semblait plus vouloir se terminer. Pour éviter ces précipitations de cristaux qui tombaient de partout, Michèle, instinctivement, s'accroupit en petit bonhomme. Tout à coup, une fleur de calcite plus imposante fracassa le casque de Lionel. Désespéré de toute cette cruauté, il se dit que si les démons existaient, ils se trouvaient certainement en ce moment même dans leur abîme.

Le silence revint enfin. Ils papillotèrent des yeux. Une sensation de brûlure sur la cornée leur tira des larmes douloureuses. Rendant leur respiration difficile, une fine poussière s'élevait en un nuage vaporeux. L'une des lanternes de Lionel n'avait pas survécu. D'un mouvement sec, il arracha le ruban gommé qui retenait sa lampe et fixa son frère avec dépit. Julien, encore secoué, se relevait en gémissant de douleur. Toujours en fustigeant ce dernier du regard, Lionel lança, d'un geste rageur, l'objet désormais inutile.

– Oh ! toi ! gronda-t-il. Pourquoi te sens-tu toujours obligé de faire l'intéressant ? Faut toujours que l'attention générale soit sur toi, hein ! Faut toujours que tu sois le plus beau, le plus fort, le plus drôle, le centre d'attraction. Surtout quand il y a une fille dans les alentours.

– Mais qu'est-ce que tu racontes ? se défendit Julien, surpris par les propos de Lionel.

– Oui, toi ! Tu as tout ! Les honneurs, l'approbation de papa, le pardon de maman. Et moi, qu'est-ce que je récolte ? Les blâmes ! Quand il y a du grabuge, c'est moi qu'on accuse, alors que c'est toujours toi qui provoques ! Comme si le seul moyen de réussir, pour toi, c'était de me rabaisser ! Je te déteste ! J'en ai marre de toi, Julien Messier ! ajouta le jeune adolescent, rouge de colère.

La jalousie fit sortir Lionel de ses gonds. Cette colère dormait depuis trop longtemps dans son cœur. Comme un animal en furie, il sauta sur son frère en grognant. Julien para le coup en bloquant le bras de Lionel.

– Qu'est-ce que tu dis, imbécile ? fit-il en bloquant maintenant un deuxième poing qui tentait d'atteindre son visage.

Le grand garçon était tout retourné par le surprenant discours.

– Oooohhhh ! fulmina Lionel, les yeux pleins d'eau. Si seulement je pouvais te battre... au moins une fois ! Peut-être que maman et papa me verraient enfin...

Les deux frères se livraient un véritable combat intérieur.

– C'est toi, le préféré de papa et maman ! Tu ne les entends pas ! « Lionel par-ci, Lionel par-là ! Pourquoi n'es-tu pas comme ton petit frère ? Et patati et patata ! » C'est toi qu'ils aiment ! Moi, je n'ai pas le choix, si je veux qu'ils s'occupent un peu de moi, je dois faire des bêtises, le clown ou l'acrobate.

Doublant ses efforts, cherchant à lui faire lâcher prise, Lionel lui asséna des coups de pied.

– Menteur ! Tout ça, c'est dans ton imagination. C'est toi qui es parfait ! Moi, je ne suis que le petit frère du célèbre Julien Messier qui récolte tous les succès. Moi, je ne suis rien. Rien ! termina-t-il avec un rire qui sonnait faux.

– C'est pas vrai ! Toi, au moins, tu n'as qu'à rester toi-même pour que tout le monde t'aime. Moi, je dois me forcer à être le meilleur. Si j'arrête demain matin de faire mes cascades, je te jure que mon *fan club* détale en quatrième vitesse.

Les frères frémissaient de jalousie, s'affrontant du regard. Michèle, sidérée d'entendre ses cousins se dire leurs quatre vérités, oublia ses propres contrariétés. Elle n'aurait jamais cru que ces deux êtres, qui semblaient tellement satisfaits d'eux-mêmes, vivaient cette lutte intérieure. Aussi, elle intervint :

– Arrêtez, vous deux ! Julien, grand bêta ! Tu n'as pas besoin de faire le pitre pour qu'on t'aime. Et toi, Lionel, tu es super parce que, justement, tu es toi ! Surtout, ne te sens pas obligé de copier les autres qui, en apparence, semblent soi-disant « aimés » parce qu'ils sont populaires. « Popularité » ne veut pas nécessairement dire « amour » ! Vous ne pouvez pas vous battre toute votre vie comme deux chiens enragés qui se disputent le même os. Il faudra bien que vous vous parliez avec des mots et pas seulement avec vos poings !

Stupéfiés par l'intervention de leur cousine, les deux garçons relâchèrent sur-le-champ leur rapport de force. Ils la contemplèrent, étonnés, puis se regardèrent, la même surprise dans les yeux. Brusquement, en parfaite synchronisation, ils s'esclaffèrent. Toutes leurs craintes avaient mis les voiles. Ils appréhendaient, en secret, la même chose. Totalement béats d'illumination, ils échangèrent une joyeuse poignée de main, se serrèrent l'un contre l'autre, se tapotèrent le dos avec chaleur.

– Elle est bien bonne, celle-là ! s'écria le plus grand.

– J'en reviens pas ! ajouta l'autre.

Heureuse, Michèle se mit à rire aux larmes, se joignant à cette réjouissance contagieuse. Leur amusement fusait et se répercutait à travers l'immensité de la caverne, comme une immense joie qui grandit de seconde en seconde.

La folie de Michèle

JULIEN fut le premier à reprendre son sérieux.

– On ferait mieux de laisser tomber. Si on persiste à avancer dans ce trou, on risque de ne plus jamais en revenir. Il faut retourner sur nos pas.

– Oui, fit Lionel. Rentrons chez nous.

– Rentrer chez nous ! répéta Michèle d'une voix angoissée.

– C'est la meilleure chose à faire. Si on continue, on risque d'y laisser notre peau, réaffirma le plus vieux des trois.

Lionel hocha la tête d'assentiment.

– Heu ! fit la jeune fille, les yeux fixes, mais Marie-Jo...

– Il faut regarder les choses en face, interrompit Julien, tout à coup flegmatique. Elle ne s'en est pas sortie, c'est sûr !

Bouleversée, Michèle n'écoutait plus.

– Je... je... je ne veux pas retourner là-haut, déclara-t-elle, blanche comme un drap.

« Non, je ne peux pas rentrer ! Là-haut, où mon ancienne vie m'attend. Où Robert m'attend ! » pensa-t-elle.

Sa dernière rencontre avec celui-ci, le matin même, la renforça dans son choix. Espérant ne rencontrer personne avant son départ, elle s'était levée à l'aube, mais Robert, en silence, fumait une cigarette dans le salon. Comme s'il savait !

– Eh bien ! ma petite bouteille de *Molson*, tu vas quelque part ? déclara-t-il en la voyant chargée.

Elle sursauta de surprise et de peur. Pendant un instant, elle fut incapable de prononcer un son.

– Dis-moi où tu vas ? demanda-t-il avec autorité.

– C'est pas tes affaires ! rétorqua Michèle avec une audacieuse bravoure.

Frissonnante, les genoux tremblants, mais bien décidée à ne pas le laisser gagner cette fois, elle se sentait prête à se battre. Robert dut lire cette détermination dans les yeux de la jeune fille, car son expression changea complètement.

– Ah oui ! C'est ce que tu crois, ma pauvre cruchette ! répliqua-t-il en se levant brusquement, les yeux pleins de colère.

Il la rejoignit et l'entraîna de force dans le salon. Michèle laissa tomber son bagage par terre, créant un grand bruit qui se répercuta dans la maison. Se débattant, elle lui lança des injures à la figure, les traits déformés par la révolte, crachant feu et flamme.

– Je ne suis pas ta bouteille de bière, ta biche, ta cruchette, ton p'tit bout de chandelle ou quoi que ce soit d'autre ! JE SUIS MOI ! Je ne t'appartiens pas. Je n'appartiens à personne. Tu entends, cruchon, demeuré, espèce d'archi bouché ? À personne !

Ces vociférations, lancées avec passion, s'accompagnèrent d'un nuage de postillons.

Jamais elle n'avait été aussi résolue à avoir le dessus. Tant mieux si ses parents se réveillaient. Tant mieux si elle ameutait la terre entière. Seulement, que son cauchemar cesse !

Surpris par la réaction de sa victime, Robert fit de gros yeux en lui plaquant la bouche, la retenant de l'autre main. Elle donnait des coups sur les jambes de son tortionnaire, sur la table à café, sur la lampe torchère. Tout à coup, un cendrier bascula, éclata en mille miettes et les mégots de la veille se répandirent sur le tapis persan. Robert, soudain hagard, se sentit en danger. Avec une envie de rire, Michèle vit la peur dans le regard du jeune homme. Ce dernier changea alors de tactique.

– Voyons donc, ma petite abeille ! Tu sais que je ne veux pas te faire de mal. Tu es si belle, Michèle. C'est ta faute ! Tu me rends fou, petite sorcière ! Je suis jaloux de tous les zigotos qui posent les yeux sur toi, murmura-t-il d'une voix rauque.

Sa beauté ! Comme elle pouvait la détester ! Pourquoi Dieu l'avait-elle ainsi faite si ce n'était que pour lui occasionner tant d'ennuis, tant de chagrin ?

– C'est parce que j't'aime, tu comprends ? poursuivit l'homme de sa voix mielleuse tout en entraînant Michèle contre le mur. Tu m'as ensorcelé, Princesse. Tous ces « m'as-tu vu », qui n'ont pas le nombril sec, ne te méritent pas. C'est pour ton bien que je fais ça !

Haletante, la jeune fille avait écouté ces paroles familières. Il libéra lentement sa bouche, l'intimant au calme avec ses yeux chargés d'avertissements.

– Lâche-moi ! ordonna-t-elle, lançant des éclairs.

– Petite démone ! cracha-t-il, furieux de constater l'inutilité de sa méthode habituelle. Dis-moi d'abord où tu vas et avec qui, puis je te lâche.

Une jalousie morbide envahissait Robert.

– Non, c'est pas tes affaires !

– Ma belle Michèle, tu ne veux pas me faire de la peine, j'en suis sûr ! poursuivit l'homme, une lueur diabolique dans les yeux, un ton assassin dans la voix. N'essaie pas de me quitter, mon cœur ! Tu te rappelles ce que j'ai fait à ton frère quand il a voulu se mettre entre nous ? Ne me force pas à recommencer ! Tu ne voudrais pas que le même sort arrive à un… de tes amis !

Cette folie ! Ces insinuations abominables ! Robert avait-il vraiment payé quelqu'un pour se débarrasser de Jean-François ? La jeune fille était terrorisée à cette pensée.

Heureusement, à ce moment-là, la porte de la chambre de ses parents grinça. Son agresseur la lâcha immédiatement, se précipita vers le sofa, attrapa la télécommande et, l'air de rien, changea les postes du récepteur. Libérée de son emprise, Michèle retourna dans la cuisine. Sa mère se tenait devant elle, interrogatrice, prête à la sermonner. Mais, voyant sa fille jeter de fréquents regards mordants vers la salle de séjour, elle aperçut alors leur invité. Celui-ci esquissa un sourire chaleureux.

– Michèle, j'espère que tu n'embêtais pas Robert.

L'adolescente soupira d'indignation. Comment sa mère pouvait-elle être aussi dupe et aveugle ? Elle se l'était toujours demandé.

– Oh ! maman ! déclara-t-elle avec effronterie. Pourquoi ça ne serait pas plutôt lui qui m'embêtait ?

Les yeux de Mme Messier s'agrandirent de honte.

– Michèle ! Pour l'amour ! Ne dis pas de bêtises ! Ne sois pas ingrate ! Tu devrais être reconnaissante pour tout ce que Robert fait pour la famille. Je ne sais plus quoi faire avec cette enfant-là, déclara-t-elle en se retournant vers le jeune homme, toujours calmement assis devant le téléviseur. Excuse-la. Elle ne réfléchit pas. C'est congénital ! Elle tient ça de son père.

À ces mots, la jeune fille éprouva le traditionnel coup au cœur.

– C'est rien, fit Robert avec un visage angélique. Je faisais juste le tour des postes. Michèle ne me dérange jamais. Ça me fait toujours plaisir de pouvoir l'aider, surtout quand des choses tristes arrivent comme celle d'avant-hier.

– Quelle chance que tu sois là ! Tu es le grand frère que les filles n'ont plus, tu sais.

Avec humilité, le jeune homme balaya ce rôle du revers de la main. Michèle, retenant ses larmes, écœurée, soupira de plus belle. De voir sa mère avaler toutes les paroles de cet hypocrite comme une grenouille gobe n'importe quelle mouche, c'en était trop ! Comme il trompait son monde ! Même elle ! Surtout elle ! Pendant longtemps, elle avait cru à ses mots et à ses gestes d'amour. Petite, comme elle l'avait aimé, ce grand frère adoptif ! Aujourd'hui, elle n'éprouvait plus qu'un combat déchirant entre l'amour et la haine. Qu'une torture entre le désir et le dégoût.

– Michèle ! Michèle ! entendit-elle tout à coup.

S'extirpant de ses pénibles souvenirs, elle leva les yeux. Lionel et Julien tentaient de la secouer.

– Michèle ! Réveille ! fit ce dernier.

– Allez, viens, ajouta Lionel avec douceur en lui prenant la main, on rentre à la maison.

– Rentrer à la maison ? ânonna-t-elle, comme si ces paroles étaient les plus cruelles qu'elle avait eu à prononcer de toute sa vie. Jamais ! Jamais !

Elle se dégagea avec violence et se précipita vers les profondeurs de la caverne.

– Michèle ! cria Lionel. Reviens !

La jeune fille pivota sur elle-même.

– Partez ! Mais ne m'obligez pas à retourner là-bas ! Racontez ce que vous voulez, termina-t-elle en continuant sa fuite.

– Michèle ! cria Julien, choqué.

Mais, sautillant gaiement autour des stalagmites, leur jeune cousine ne se préoccupait plus d'eux.

– C'est merveilleux ! s'exclama-t-elle, affichant soudain un enthousiasme inquiétant vu les circonstances. J'adore cet endroit ! C'est noir ! Vide ! Froid ! Youpi !

– Arrête de faire la folle, Michèle, s'impatienta Julien d'un ton impérieux.

– De quoi vous plaignez-vous ? leur criat-elle sans même les regarder. Ce n'est pas vous qui vouliez venir ici ? Oh ! j'ai envie de voler, de flotter au-dessus des eaux.

La jeune fille bondissait, courait entre les pics rocheux, donnait des coups de pied sur les plus petites stalagmites, les faisant voler en éclats.

– Youpi !

– Es-tu rendue folle ?

– Arrête ! Arrête ! protestèrent les deux frères à l'unisson.

– Arrêter quoi ? demanda effrontément Michèle en se retournant enfin vers eux. Vous voulez abandonner ? C'est ça ? Ha, ha ! Si... vous... pouviez voir... vos faces !

Comme possédée, la jeune fille fut assaillie par une crise de fou rire incontrôlable. Les garçons, plus d'humeur à s'amuser, vivaient maintenant un profond découragement. Leur bel optimisme du début évaporé, il ne restait plus que crainte et doute. Complètement dépassés par les événements, gagnés de vitesse par l'inconnu, ils se regardèrent dans la pénombre qui les entourait, médusés. Les rôles avaient cruellement changé : les forts devenaient faibles et les faibles devenaient forts.

– Hé ! les gars ! On dirait que vous venez d'avaler des cafards ! C'est vous, fiers et orgueilleux, qui vous dégonflez. Allez ! Repartez ! Ça m'est égal ! Qu'est-ce que ça peut faire ? Retournez à votre petite vie confortable ! Moi, je veux rester ici, dans ma maison. Avec Marie-Jo ! Vous ne comprenez rien, mais c'est pas grave. Partez ! Sauvez votre peau !

Elle exécuta une petite danse, tournant en rond, les bras tendus, les yeux vers le plafond lugubre de la caverne. Une bienheureuse et étrange plénitude l'habitait. Elle se sentait bien ! Plus de peur. Plus d'angoisse. Elle virevoltait, virevoltait...

– Laissez-moi ici. C'est juste pour ça que je suis venue. Je n'ai jamais cru que Marie-Jo était encore en vie. Elle est morte, vous comprenez ? Morte ! Et moi aussi, je suis morte. Je suis venue rejoindre ma seule et vraie amie. Celle qui m'a toujours écoutée et aimée. La seule !

Elle arrêta sa farandole, puis les fixa à nouveau.

– Vous me croyez folle ! Je le vois dans vos yeux et dans votre silence bête. Mais vous vous trompez, car une morte ne peut pas être folle ! La fille que vous avez connue dans l'autre monde n'existait pas. C'était un mirage. Un corps inhabité. Un arbre creux. Une enveloppe vide. La vérité c'est que je suis morte en même temps que mon frère Jean-François. Et enfin, je peux être entièrement avec lui dans le royaume des ténèbres !

Les deux jeunes garçons, accroupis côte à côte, plusieurs mètres derrière elle, restaient ahuris devant tant d'incongruités.

– Mais qu'est-ce qu'elle a ? demanda tout bas l'aîné à son jeune frère.

– Je n'en sais rien ! Le mal des cavernes, peut-être ?

– En tout cas, quoi que ce soit..., commença Julien en secouant la tête, inquiet.

– Ce n'est pas bon du tout ! finirent-ils par dire en même temps.

Le code de l'espoir

MALGRÉ l'étrange comportement de leur cousine, les garçons finirent par retrouver leurs esprits.

– Écoute, fit Lionel en se levant. Je vais la chercher.

Retardé par son pied blessé, Julien acquiesça de la tête. Son jeune frère se dirigea vers Michèle qui continuait à danser et à plaisanter, mettant volontairement sa vie en danger. On aurait dit qu'elle avait perdu la raison, qu'elle voulait provoquer délibérément un accident !

– Michèle ! l'interpella-t-il. Arrête !

– Partez tous les deux ! Laissez-moi seule comme un déchet ! T'en fais pas, je... suis... ha... bi... tuée !

Elle fit des bonds au bord du ruisseau.

– Je me sens LIBRE ! Je suis LIIIIIIBRE !

– Attention ! s'écria-t-il en la voyant basculer.

– Ha ! ha ! ha ! rit la gamine en plongeant, le dos en premier et les pieds dans les airs, dans l'eau glacée.

Pendant un instant, comme une terrible prémonition, le miroir aquatique refléta une deuxième Michèle, les bras en croix, telle une crucifiée.

– Michèle ! s'exclama Julien qui s'approchait de la rive en boitant.

– Michèle ! hurla Lionel, la voix brisée d'émotion.

Il enleva son imper, ses bottes et se précipita dans les eaux sombres. Faisant des efforts pour nager sous l'eau, il retint sa respiration. Son unique lanterne lui permettait de percer les ténèbres. Apeuré, l'adrénaline à son comble, il cherchait partout. Aucune trace de Michèle ! Il poursuivit son exploration. Tout à coup, il vit quelque chose bouger. La jeune fille avait dérivé à l'autre bout du lac qui, à cette hauteur, prenait des allures de rivière. Quand il réussit enfin à la rejoindre, il la découvrit inerte. Dans sa chute, elle avait perdu son casque et ses lampes. La saisissant sous les épaules, il appuya sa tête sur sa poitrine et l'entraîna rapidement sur la berge opposée.

– Michèle ! Michèle ! appela-t-il.

Puis, se tournant vers son frère, il annonça, la voix tremblante :

– Elle ne réagit pas. Misère ! Qu'est-ce que je fais ?

– Est-ce qu'elle respire ? questionna Julien, de l'autre côté, plusieurs mètres plus loin.

Anxieux, le garçon se pencha sur sa cousine, appuyant l'oreille sur son cœur.

– Oh ! Misère ! J'entends rien ! Oh ! mon Dieu ! répondit-il bouleversé, les mains dans les airs, sur le point de craquer.

– Il faut lui faire la respiration artificielle. Il n'y a pas une minute à perdre.

– Comment... Je ne sais pas ! s'écria Lionel, paniqué.

– Calme-toi ! D'abord, tourne-la sur le ventre.

– Quoi ? Comment ça sur le ventre ? T'es sûr ! questionna-t-il, abasourdi.

– Discute pas ! Fais ce que je te dis !

– Mais, insista Lionel, sceptique, on n'est pas supposé faire le bouche-à-bouche ?

– J'ai pas le temps de t'expliquer ! Fais exactement c'que j'te dis ! Vite ! Sur le ventre ! ordonna le grand ado d'une voix rauque où perçait l'urgence.

– D'accord, fit son petit frère en exécutant la consigne illico.

– Bon, continua Julien, sa tête doit être tournée sur le côté. Croise ses bras en dessous.

– Comme ça ? demanda le jeune garçon.

– Oui. Maintenant, ouvre-lui la bouche et assure-toi que sa langue est bien dégagée. Là, tiens-toi à genoux devant sa tête et place tes mains ouvertes sur ses omoplates.

– D'accord ! répondit Lionel qui exécutait scrupuleusement toutes les indications de son grand frère.

– C'est bien ! Tu appuies en avant en laissant porter le poids de tes épaules sur ses omoplates et tu comptes lentement mille un, mille deux.

L'adolescent comptait :

– Mille un, mille deux.

– N'appuie pas trop fort, lui recommanda son jeune instructeur de l'autre côté, puis maintenant, prends-la par-dessous les coudes, et tu la tires vers toi en comptant mille trois, mille quatre, jusqu'à ce que tu sois assis sur tes talons.

– Mille trois, mille quatre, continua Lionel.

– C'est ça ! Puis tu dois compter maintenant mille cinq en la replaçant à la position de départ et tu recommences.

Rebondissant dans le grand vide souterrain, leurs appels répétés de part et d'autre de la caverne faisaient écho. L'air était imprégné d'humidité et d'appréhension. Les battements de cœur, eux, hurlaient de vrombissements désordonnés. Comme dans les affres de la mort, l'attente était douloureuse.

Lionel refit les mêmes étapes une autre fois. Jamais il n'avait travaillé avec autant d'acharnement et une si grande tension.

– Encore ! fit Julien après la deuxième tentative.

– Mille un, mille deux, mille trois, mille quatre, mille cinq, faisait Lionel sans relâche.

Tout à coup, la jeune fille toussa. Elle eut des soubresauts et cracha de l'eau.

– Michèle ! s'écria-t-il, pleurant et riant à la fois. Tu respires ! Tu respires !

– Bravo ! félicita Julien, soulagé.

Lionel la tourna vers lui et la fit s'asseoir, la tête appuyée sur son torse. Elle crachota à quelques reprises avant de le regarder dans les yeux et de lui dire faiblement :

– Pourquoi ? Pourquoi tu ne m'as pas laissée mourir ?

Le visage ruisselant de larmes, il secoua la tête avec vigueur.

– Dis pas ça ! Dis pas ça !

– Sais-tu comment je me sens, Lionel ? murmura la survivante.

Le jeune adolescent tressaillit au ton tragique et chuchota, le souffle court :

– Comment ?

– Comme un déchet ! Comme un déchet qu'on jette dans la grosse poubelle de l'indifférence ! Tu sais, comme font les riches avec leurs choses trop sales ou trop brisées. Ils les jettent à la poubelle simplement. C'est comme ça que je me sens : trop sale... et brisée ! Pourquoi ne m'as-tu pas laissée à la poubelle ?

Elle éclata en gros sanglots. Lionel la serra dans ses bras, la berçant. Cette fois-ci, la jeune fille ne refusa pas son réconfort.

– Ne pleure pas, je t'en prie. C'est fini ! On va partir d'ici ! C'était de la folie. C'est toi qui avais raison !

Michèle continuait à sangloter comme si les ténèbres et les dangers de la caverne avaient réussi là où la lumière du soleil avait échoué et que toute la souffrance refoulée en elle durant toutes ces dernières années se libérait enfin.

– Tu as failli te noyer, fit Lionel. Je ne me l'aurais jamais pardonné !

– Ça n'aurait pas été de ta faute. Je voulais mourir ! J'espérais ne jamais revenir. Pourquoi m'as-tu repêchée ?

– Pourquoi ? questionna-t-il, surpris. Parce que… je t'aime !

– Tu m'aimes ? répéta Michèle, incrédule.

– Oui, bien sûr que je t'aime.

– C'est pas possible ! objecta la jeune fille méfiante, peu habituée à l'authenticité de tels mots. Depuis quand m'aimes-tu, toi, Lionel Messier ?

– Depuis que tu m'as sauté dessus et agressé dans la cour d'école ! rétorqua Lionel, les yeux moqueurs, un sourire éblouissant aux lèvres.

– Pour de vrai ?

– Non, espèce de folle, je plaisante ! ricana le jeune garçon joyeusement. Je t'aime depuis bien plus longtemps que ça, bien plus longtemps ! Et même si tu essaies toujours de me piquer, je sais qu'au fond de toi, tu as bon cœur !

– Ah oui ! Tu sais ça, toi ?

Son cousin hocha la tête vivement.

– Tu caches quelque chose, un secret que tu as toujours gardé pour toi. Mais cette fois-ci, tu es allée trop loin, tu ne peux plus te cacher, Michèle. Dis-moi ce que c'est ?

S'accrochant plus fort au pull-over de son sauveteur, elle se mordit les lèvres, incapable de jouer plus longtemps la comédie.

– Oh ! Lionel..., fit-elle en éclatant de nouveau en sanglots.

– Oh ! vous deux, vous allez arrêter de murmurer et de pleurer comme des bébés. Amenez-vous de ce côté. Il faut qu'on parle, s'exclama Julien qui s'impatientait.

Lionel et Michèle se regardèrent intensément. Comme dans un livre ouvert, la jeune fille lisait dans les yeux de son cousin : celui-ci connaissait son secret. Gênée malgré elle, elle baissa les yeux.

– Il y a quelqu'un qui t'a fait du mal, n'est-ce pas ? lui murmura-t-il, à l'oreille.

Michèle se contenta de hocher la tête en pleurant. Quand elle eut le courage de lever les yeux de nouveau vers lui, elle le questionna silencieusement. Pas de moqueries. Pas d'accusations. Seulement ce regard débordant de compassion et d'une franche amitié. À ses yeux, c'était la plus belle preuve d'amour qu'un ami pouvait lui donner.

– Oh ! Lionel... je..., commença-t-elle sans terminer.

Elle secoua négativement la tête. Malgré la sincérité et le respect que démontrait Lionel, mettre des mots sur ses souffrances, sur cette chose ignoble qu'elle portait en elle, était encore trop difficile.

– C'est pas grave. Tu m'en parleras quand tu seras prête.

Il l'appuya sur son cœur et caressa avec bienveillance ses longs cheveux plaqués sur sa nuque. Michèle sentit alors ses bras remplis de bonté l'entourer, la réchauffer et la protéger contre tout le mal pouvant exister sur la terre. Jamais elle n'avait éprouvé un tel bien-être.

– Allons rejoindre Julien. Viens, je vais t'aider à traverser, annonça-t-il en l'enveloppant d'un regard chaleureux.

Puis, ils se levèrent doucement. Mais, avant de plonger dans l'eau tous les deux, Michèle retint son compagnon.

– Non, attends !

Le jeune garçon se retourna. Elle s'étira sur le bout des pieds et lui donna un baiser rapide sur la joue.

– Merci, Lionel ! déclara-t-elle, émue.

Celui-ci lui sourit affectueusement, les yeux brillants. Il la voyait poser un geste gentil, spontanément, pour la première fois. Il était heureux !

Julien, à qui rien n'avait échappé, les interpella à l'autre bout de la caverne :

– Hé ! je suis encore là, les tourtereaux.

– Oh ! fiche-nous la paix ! s'exclama Lionel.

Quand ils furent de nouveau tous réunis, ils se séchèrent et se désaltérèrent.

– Une chance que je ne t'ai pas fait faire le bouche-à-bouche, sinon, vous seriez sûrement encore de l'autre côté, vous deux, taquina Julien.

Michèle s'empourpra devant l'insinuation.

– Lâche-nous un peu, veux-tu ! défendit Lionel qui ne se laissait plus facilement agacer par son frère. Pis d'abord, pourquoi tu m'as pas montré le bouche-à-bouche, justement ? Il me semblait que c'était la seule réanimation qui existait.

– Pour que tes désirs se réalisent, mon vieux ! C'est ça que tu veux dire ! Hein ! se moquait le grand gars en mimant des lèvres de gros baisers sonores.

– Au lieu de niaiser sur des choses que tu ne comprendrais pas, quand même j'essaierais de te les expliquer pendant cent ans, tu ne pourrais pas être sérieux pour une fois ? Pourquoi m'avoir obligé à faire cette méthode débile ? Au début, j'ai cru que tu me faisais une blague !

– Les nerfs, frangin ! Primo, c'est pas une méthode débile ! Et secundo, je n'aurais jamais joué un tour dans un moment pareil ! C'est un truc que grand-papa m'a montré. C'était comme ça dans son temps ! Et... pis... ajouta-t-il de mauvaise grâce, les joues soudain rosies, je n'ai jamais été capable de très bien retenir l'autre. Je voulais être sûr de ne pas faire d'erreur.

Lionel s'esclaffa.

– En tout cas, merci grand-papa, déclara-t-il en examinant sa cousine près de lui, bien vivante !

– Bon ! Que diriez-vous si on faisait notre petite réunion ? annonça Julien, faisant contre mauvaise fortune bon cœur. Je suggère qu'on rebrousse chemin. Enfin ! Ça ne rime à rien ! On a appelé Marie-Jo depuis qu'on est arrivé dans la grotte et on n'a reçu aucune réponse.

– Oui, c'est vrai, approuva son frère, et en plus si nous crions trop fort, il y a des risques d'éboulement.

– C'est beaucoup plus dangereux que je ne l'avais imaginé, continua l'autre. En plus, on n'a aucun indice, aucune trace. On avance à l'aveuglette. C'est pas une bonne idée.

– Et le terrain est si accidenté, précisa Lionel, qu'il est difficile d'y lire quoi que ce soit ; un trou par-ci, une bosse par-là. Et on se cogne partout.

– Ça fait au moins une heure qu'il nous arrive malheur par-dessus malheur : ma cheville me fait mal, j'ai un genou amoché, Michèle a failli se noyer et on a des bleus partout.

– C'est mieux d'abandonner, estima Lionel.

– Mais moi, s'interposa Michèle qui jusqu'à maintenant s'était contentée d'écouter les plaintes de ses deux cousins, je ne veux pas revenir à la maison. Je vous l'ai déjà dit. Allez-y, vous autres ! Moi, je vais rester ici.

– T'es folle ! s'écria Julien. Tu vois, Lionel. Je savais qu'on ne devait pas l'emmener ici. C'est juste un paquet de trouble.

– Michèle, murmura plus aimablement ce dernier. Écoute, on ne peut pas te laisser seule. On a déjà perdu Marie-Jo. On ne veut pas te perdre aussi.

– Mais moi, je ne peux pas retourner chez moi.

– Pourquoi ? interrogea Julien.

– Parce que..., commença Michèle.

– Parce que quoi ? questionna Lionel.

Le garçon se disait que s'il connaissait exactement les peurs de la jeune fille, il pourrait mieux la convaincre de sortir de ce trou farci de pièges.

– Oui, dis-nous donc pourquoi, renchérit Julien, d'un ton malin.

– Parce que... poursuivit Michèle, les yeux dans le vide, parce que... IL Y A UNE ESPADRILLE QUI FLOTTE LÀ !

Elle avait prononcé ces derniers mots, les yeux agrandis, en criant presque et en pointant brusquement quelque chose avec son index, le bras allongé.

– Comment ça ? Parce qu'il y a une espadrille là ? Tu fais ta folle encore ! répéta

Julien, la croyant en train de délirer une nouvelle fois.

– Non, elle a raison. Regarde, il y a une espadrille dans l'eau, s'écria Lionel.

– Je n'en reviens pas ! C'est la vieille godasse de Marie-Jo ! déclara Michèle, tout sourire, complètement métamorphosée.

En effet, l'objet surnageait avec des mouvements ondulatoires. Michèle se pencha pour le ramasser. Ils examinèrent la chaussure un moment, puis se regardèrent, hébétés, devant cet objet inattendu, porteur d'espérance.

– Elle est passée par là. C'est sûr ! fit Michèle, les yeux brillants et remplis d'une énergie nouvelle. Lionel, passe-moi ta lampe !

– C'est la seule lampe qu'il me reste. Surtout, ne la casse pas ! déclara-t-il en lui remettant la lanterne submersible.

L'enthousiasme de la jeune fille effaça les derniers doutes que les garçons auraient pu avoir sur l'équilibre mental de leur cousine. En quête d'un autre indice, celle-ci dirigea sa lumière dans toutes les directions. Elle immobilisa le faisceau lumineux plus longtemps sur la paroi à leur gauche. Les garçons avaient suivi la lumière. Là, dans une légère cavité du roc, l'une des flèches artisanales de Marie-Jo était plantée. Un drapeau miniature y pendait, réfléchi par la lueur des torches électriques.

– On dirait… un morceau de foulard ! s'exclama Michèle en touchant l'étoffe écarlate. Je me souviens maintenant ! Marie-Jo le portait le jour de sa disparition ! Et cette façon de placer des indices tout au long de son chemin, c'est bien elle, ça ! Combien de fois s'y est-on amusées ? Elle appelle ça le jeu du *Petit Poucet.*

La jeune fille arracha la flèche d'un coup sec et, rayonnante, malgré son visage barbouillé, se tourna vers les deux garçons ébahis.

– Vous comprenez ce que ça veut dire, les gars ? Ça veut dire que Marie-Jo est vivante ! VIVANTE !

– C'est incroyable ! s'exclama Julien. Je n'aurais jamais cru que cela puisse être possible. Elle s'en est sortie.

– Oui, et en plus, elle nous montre la direction, déclara Lionel, aussi surpris que les autres.

Saint-Mercien en alerte

La nouvelle de la disparition de trois autres enfants ne laissa personne indifférent. La petite municipalité de Saint-Mercien sonna le tocsin de l'affolement. Partout, au restaurant, à l'épicerie, dans les rues, dans les cours privées, au seuil des portes, autour des tables, on en parlait. Inconsolable, la famille Messier attendait les nouvelles, la mort dans l'âme. Les voisins, apeurés, imaginaient les pires scénarios. Les uns envisageaient qu'un fou dangereux attaquait les enfants innocents. D'autres supposaient que les pauvres petits avaient peut-être été dévorés par un ours enragé. La peur étreignait les mères. La colère et l'impuissance rongeaient les pères. Un climat de terreur s'installa dans le village. Les membres de la famille Messier, sur le qui-vive, se demandaient, intérieurement, qui serait la prochaine victime. Tant de questions, tant de suppositions et tant d'angoisse dans les cœurs.

À l'arrivée des policiers, la mère de Michèle, les parents des deux garçons disparus à ses côtés, était accourue pour leur ouvrir la porte.

– Monsieur l'agent, c'est terrible ! Il faut les retrouver. Faites venir des hélicoptères, l'armée, tout ce qui est possible. Je vous en prie ! s'était-elle exclamée.

L'inspecteur fut attaqué de toutes parts.

– Calmez-vous ! exigea-t-il. Il faut procéder par étape. D'abord, j'aurais quelques questions à vous poser. Je vais vous interroger un à la fois.

– Oui, bien sûr ! acquiesça nerveusement Mme Messier.

– C'est bien votre fille, n'est-ce pas, qui est disparue ?

– Oui, notre petite Michèle ! confirma Henriette avec difficulté.

À ses côtés, son époux hocha misérablement la tête.

– C'est notre bébé ! La dernière qui nous reste à la maison. Les autres sont tous partis, fit-il, les yeux larmoyants. Notre plus vieux est décédé dans un accident de la route et notre première fille est actuellement en stage en Europe.

L'officier nota l'information.

– Et vous, demanda-t-il, en se tournant vers Armand Messier et son épouse, vous êtes sûrement les parents des cousins.

– Ouais ! fit le père de Julien et de Lionel. On s'est déjà vus lors des fouilles pour trouver la petite Marie-Josée.

– Ah oui ! Je me souviens ! Ce n'étaient pas vos garçons qui se bataillaient comme deux coqs dans une basse-cour ?

– Ouais ! Y sont pas possibles ! Deux vrais garnements.

Le policier observa attentivement l'homme presque chauve aux gros sourcils blancs.

– D'après vous, ils seraient où ?

– Oh ! Ça leur est déjà arrivé de partir pendant tout un week-end pour faire du camping ou de l'exploration. Mais jamais ils ne sont partis si longtemps, sans prévenir.

– Et quand est-ce que vous les avez vus pour la dernière fois ? demanda le policier.

– Hier au soir... attendez voir... oui, vers dix heures. Ils ont dormi dans leur cabane.

– En tout cas, interrompit son épouse ébranlée, c'est ce qu'ils nous ont dit !

– Oui, poursuivit Armand Messier, visiblement contrarié par l'intervention de son épouse, si on veut ! Mais ce matin, ils étaient introuvables. Sur le moment, je ne me suis pas trop inquiété. Vous savez, ils sont jeunes. Ils disparaissent souvent comme ça.

– Madame Messier, quand avez-vous vu Michèle pour la dernière fois ? demanda l'enquêteur en se tournant vers Henriette.

– Ce matin. Il devait être sept heures ou sept heures trente. Elle est sortie jouer dehors.

– Hum ! fit l'inspecteur Houle en plissant le front, consultant subitement sa montre. Et pourquoi nous appelez-vous seulement maintenant ? Ça fait plus de dix heures !

– Heu ! fit Henriette, prise au dépourvu, parce que… enfin, Michèle est un peu spéciale.

– Comment ça, spéciale ?

Se camouflant derrière la porte qui séparait la cuisine de l'escalier du sous-sol, un homme attendait avec impatience la réponse de la mère de Michèle.

– Heu ! Elle… Elle nous a déjà fait une mauvaise blague, il y a quelques années, en se cachant dans l'arrière-cour du domaine, répondit Mme Messier après une hésitation maladroite. On avait beau l'appeler, elle ne nous répondait pas. Mon mari a fini par la retrouver derrière un talus. Alors, sur le coup, j'ai pensé qu'elle avait recommencé.

– Ah ! je vois ! Ça lui est arrivé souvent de se cacher ?

– Non, juste cette fois-là.

– Bon…

Cela faisait la troisième fois que l'inspecteur Houle rencontrait cette femme et il constata que pareillement aux autres occasions, elle paraissait figée, comme si elle dissimulait quelque chose !

– Ah, si ! fit-elle soudainement. La petite est partie hier après-midi durant trois heures. Vous croyez que ça peut avoir un rapport ?

– Madame, il ne faut rien négliger. Le moindre petit détail peut avoir une importance capitale.

– Ah oui ! ajouta la mère des deux jeunes garçons, Julien a emprunté du matériel de plongée à un copain de travail. Je le sais parce que son camarade lui a téléphoné avant le déjeuner pour lui dire qu'il avait encore de l'équipement de disponible.

– Voilà qui est intéressant, fit M. Houle.

Se tournant à nouveau vers Henriette, il poursuivit :

– Votre fille a-t-elle eu des ennuis avec son petit ami ?

– Grand Dieu ! Non ! s'exclama Henriette Messier, horrifiée à cette seule pensée, elle... elle n'a pas de petit ami ! Ce n'est qu'une petite fille.

– Quel âge a-t-elle ?

– Elle a... onze... non, douze ans ! répondit la mère, hésitante.

L'agent leva les yeux vers la femme en sourcillant.

– Des problèmes à l'école ?

– Non, pas plus que d'habitude !

– Savez-vous si elle prend de la drogue ou si elle en vend ?

– Sûrement pas ! s'écria-t-elle, insultée. Ma fille ne prend aucune drogue.

Autre regard suspicieux de la part du policier. Dans son métier, il savait que, souvent, les parents ne connaissent pas véritablement leurs enfants. D'autant plus que, selon le psychologue de l'hôpital, la jeune fille présenterait un grand sentiment d'insécurité qui ne s'expliquait pas par la seule disparition de son amie.

– Était-elle déprimée ces derniers temps ? Son comportement avait-il changé ? insista-t-il.

Toujours tapi derrière la porte, l'homme tendait l'oreille.

– Heu ! fit la mère de Michèle, cherchant pendant quelques instants dans sa mémoire, elle était très affectée par la disparition de sa cousine.

– Oui, mais avant l'événement, les agissements de votre fille vous ont-ils paru curieux ?

Tourmentée, Henriette Messier se sentait attaquée, humiliée ! Toutes ces questions personnelles ! Inquiète de passer pour une mauvaise mère, elle se contenta de secouer la tête, des sanglots dans la voix.

– Oh ! ma petite fille ! Tout ce que je vous demande, c'est de me la ramener.

Elle se réfugia dans les bras de son mari.

– Ça va aller, ça va aller, murmura-t-il.

L'agent Houle se tourna alors vers ce dernier.

– Monsieur Messier, est-ce que vous avez des problèmes de famille, de couple, d'argent ou autres ?

– Non, répondit l'homme courtaud. On est une famille normale !

– Oui, on est une famille normale, répéta Henriette sur la défensive.

Cependant, la mère de Michèle n'avait pas la conscience tranquille. Elle réalisait la métamorphose de sa fille depuis la mort de Jean-François. D'une enfant assez démonstrative et enjouée, elle devint de plus en plus réservée et timide, rentrant progressivement dans sa coquille, développant peu à peu un caractère solitaire, agressif même ! Mme Messier se rappelait très bien ses agissements qui frisaient la démence. Sa soudaine répulsion pour l'hygiène corporelle, par exemple. Seule la vue de photos dégoûtantes de maladies causées par la malpropreté la convainquit de se laver. Puis peu après, l'inverse se produisit. Ils la surprirent, au sortir de la douche, rouge comme un homard. Une vieille laine d'acier découverte dans le fond d'une poubelle vint éclaircir le mystère. Et que dire de la fois où elle brûla ses plus jolis vêtements dans le foyer, manquant mettre le feu à la maison. Et son affreuse coupe de cheveux à la Bart Simson. Mettant tout cela sur le compte de la bêtise ou du choc d'avoir perdu son grand frère qu'elle chérissait, Henriette s'était contentée de la chapitrer à chaque nouvelle phobie. À cette époque, elle s'enfonçait de plus en plus dans l'alcool. Sa fille ? Elle ne la voyait même pas et ne voulait pas la voir. Elle préférait regarder le fond de sa bouteille. C'était plus rassurant que de se poser des questions. Toutefois, en ce moment, l'événement de ce matin l'obsédait : le bruit qui l'avait réveillée, Robert et *la petite* se dévisageant curieusement, le cendrier renversé. On aurait juré une bagarre. Puis, la

– Moi aussi, répondit l'agent. Les jeunes sont venus ici. Malgré le terrain détrempé par la brève averse de cet après-midi, on peut encore distinguer leurs pistes fraîches. Ils ont utilisé des chevaux. Probablement hier, lors de leur petite escapade.

Pour cette deuxième inspection, seuls les deux policiers s'étaient rendus au marais. Toutefois, quelques curieux avaient insisté pour les suivre. Sur place se trouvaient le véhicule tout-terrain ayant servi au transport du matériel de plongée ainsi que la corde attachée à l'arbre qui disparaissait sous l'eau. Au grand étonnement de tous, civils et policiers, ils ne purent que se rendre à l'évidence : les jeunes adolescents s'étaient aventurés dans le ventre du lac Messier. Ils détectèrent l'entrée de la grotte. Pas de doute, il y avait vraisemblablement une source souterraine qui communiquait avec le lac de surface. La plupart des témoins présents manifestaient une vive excitation devant cette découverte.

– J'ai d'abord soupçonné une fugue collective ou un pacte de suicide, ajouta l'agent Houle en prenant sa radio. Mais lorsque la mère des gamins m'a parlé de l'emprunt de l'équipement de plongée, ça m'a mis la puce à l'oreille. Je devais vérifier mon hypothèse. Et comme tout a commencé ici, c'était logique qu'on y revienne.

– Qu'allons-nous faire, maintenant ? questionna son collègue.

– La seule chose à faire : envoyer des plongeurs pour aller les chercher, déclara-t-il.

Puis, il parla dans son walkie-talkie :

– Ici Houle, je suis sur les lieux des disparitions mystérieuses de Saint-Mercien. On a besoin d'une équipe de plongeurs.

– Ici l'agent Rodrigue ! Bien reçu, sergent Houle, je vérifie.

– Appelez-moi dès que vous aurez trouvé.

Le policier regarda autour de lui. Il y avait au moins une vingtaine de personnes présentes.

– Roger, érige un périmètre de sécurité et disperse les curieux. Appelle des renforts au cas où.

– Rodrigue au sergent Houle ! entendit-il dans son appareil.

– Houle à l'écoute !

– Nous n'avons qu'un plongeur de disponible pour le moment. L'équipe réglementaire en binôme ne peut être réunie que demain matin.

– Quoi ! réagit le sergent, on en a besoin maintenant. Si on attend trop, j'ai bien peur que tout ce qu'on va trouver, ce sont des cadavres.

Soudain, le sergent Houle sentit quelqu'un lui taper sur l'épaule. Il pivota sur lui-même et se retrouva face à face à un jeune homme bien bâti, de vingt-cinq à trente ans.

– Oui ?

– J'ai compris que vous aviez besoin d'un plongeur ?

– Vous en connaissez un ?

– Oui, moi ! répondit l'individu.

– Et vous avez votre carte de plongeur ?

– Oui, monsieur, je l'ai sur moi, regardez ! confirma-t-il en lui tendant une carte conforme.

– Quelle chance ! s'exclama l'inspecteur. Et vous êtes...

– Robert Campanion, pour vous servir, fit le jeune homme en serrant la main au policier, tout sourire. Je suis un ami de la famille. Ça me fait plaisir de me rendre utile.

Le mystérieux aven

FOUS DE JOIE, les trois amis reprirent leur recherche, suivant la direction indiquée par leur cousine. Chassant du même coup leurs angoisses et leurs douleurs, cet espoir leur donnait des ailes. C'était comme si, par magie, à chaque nouveau jalon, Marie-Jo leur transmettait des ondes positives.

Un moment donné, la rivière souterraine se rétrécissait. À chaque pas, les parois se refermaient sur eux. Même le plafond devenait dangereusement bas. Ils devaient s'accrocher aux aspérités de la paroi rocheuse pour ne pas tomber dans l'étroit chemin d'eau. Celui-ci se divisait tout à coup en plusieurs rubans liquides qui se jetaient dans des orifices, la plupart, pas plus grands que des trous de taupes. C'était comme si le roc devenait une véritable passoire formant une multitude de glissades d'eau miniatures. Ils marchèrent bientôt dans une mare peu profonde, saturée de guano dans lequel se débattait joyeusement un groupe de mille-pattes. Une forte odeur s'échappait de ce milieu organique. Pendant quelques secondes angoissantes, les trois spéléologues en herbe crurent se retrouver dans un cul-de-sac mais...

– Qu'est-ce que c'est que ça ? fit soudain Lionel.

Seule issue apparente de ce labyrinthe caverneux, une embouchure d'environ un mètre carré se dressait devant eux. Des milliers de points lumineux attirèrent leur attention. Ceux-ci pendaient ici et là des parois de ce tunnel naturel.

– On dirait... des mégots de cigarettes ! dit d'abord Julien.

– C'est beau ! s'exclama son jeune frère.

Ces petites lampes dégageaient un puissant pouvoir d'attraction.

– Oui mais, qu'est-ce que ça peut bien être ? demanda Michèle.

Lionel entra à moitié dans le trou pour examiner le phénomène de plus près.

– Ce sont de petites larves, s'écria-t-il.

Il rejoignit sa cousine avec des vers luisants plein la paume.

– Regarde, c'est magnifique ! poursuivit-il en exhibant son trésor lumineux.

– Beurk ! s'exclama-t-elle. Des larves ! Je déteste ça !

– C'est inoffensif. Elles sont juste... impressionnantes.

– Bon ! Et maintenant ? fit Julien en ramassant à son tour une grappe de créatures phosphorescentes.

– On n'a pas le choix, répondit Lionel en levant les yeux vers leur récente découverte.

– Tu veux dire qu'on doit entrer dans ce trou, avec ces bibittes dégoûtantes ? répliqua Michèle.

Le garçon y dirigea sa lampe de poche qu'il tenait maintenant à la main. L'aven montait légèrement à la verticale, mais la pente semblait douce.

– Hé ! s'exclama soudain Julien en ressortant du tunnel. Regardez-moi ça !

– C'est encore un morceau du foulard de Marie-Jo, confirma Michèle.

– Ouais ! Son style cow-boy ! s'exclama Julien. L'hiver, elle a toujours ses bottes et sa veste à franges, pis l'été, c'est ses petits foulards dans le cou. Pour une fois que je trouve ces flaflas utiles à quelque chose !

– Il faut la suivre, conclut Lionel, mais avant de nous aventurer dans ce trou, Michèle, prends ça !

Interrogative, la jeune fille observa son cousin qui lui tendait son vieux casque de vélo. Elle écarquilla les yeux.

– Mais toi, qu'est-ce que tu auras sur la tête ? protesta-t-elle, surprise du geste de son ami.

– Lui, il n'a rien à protéger ! interrompit l'aîné en gloussant.

– Julien ! gronda Michèle.

– T'en fais pas ! fit alors Lionel qui n'écoutait même pas son frère. Je vais m'en sortir. Allez, mets-le !

Comme on se revêt d'un cadeau précieux, la jeune fille se coiffa du casque protecteur. Puis, elle prit son courage à deux mains et se mit à marcher à quatre pattes dans le tunnel de lumières vivantes aux parois gluantes. La bouche crispée, elle tremblait de tous ses membres. Julien, l'intrépide, la devançait, et Lionel complétait cet étrange convoi humain qui se frayait un chemin parmi les vers luisants qui, heureusement, étaient plus destinés à être vus qu'à voir eux-mêmes. Sinon, ils auraient été effrayés de voir le train passer.

❦

– Avance donc, je ne veux pas trop traîner par ici, moi, rouspéta Michèle en poussant Julien.

Le trou cylindrique avait commencé depuis plusieurs mètres à prendre une dangereuse inclinaison vers le bas, créant une force de gravité qui était heureusement freinée par sa surface rugueuse. Les larves luisantes ne les accompagnaient plus depuis longtemps. Comble de malheur, la lanterne de Lionel éprouvait des défaillances, plongeant pendant de longues secondes, l'adolescent et sa jeune cousine dans une totale obscurité. De plus, dans l'impossibilité de continuer, les trois jeunes se traînaient maintenant à plat ventre.

– Oh ! mange pas tes bas, déclara le grand, visiblement contrarié. Le tunnel rapetisse de plus en plus et je n'arrête pas de m'écorcher les jambes.

– Aïe ! émit Michèle en frappant une grosse stalactite. Et puis moi donc, tu crois que je suis faite en caoutchouc ? Ça fait longtemps que j'ai des égratignures et des ampoules partout !

– Qu'est-ce qu'on fait ? questionna Lionel, dans le même état que son frère et sa cousine.

– Écoutez ! coupa Julien tout à coup.

Ils se turent. D'abord, seuls les battements de leur cœur dans leur poitrine résonnaient sourdement dans leurs oreilles. Puis, au loin, une rumeur incertaine, pareille à une complainte semblait leur parvenir d'un autre monde.

– Y a des chutes là-bas ! déclara Julien. Faut continuer. Courage !

Ils rampaient maintenant en ondulant comme des serpents. Leurs vêtements, pourtant épais, ne résistaient pas aux aspérités qui couvraient le sol. La paroi se refermait de plus en plus sur eux. C'était angoissant. Même l'air commençait à se faire rare. Pourtant, dans ce dédale tortueux et minuscule, le refrain des chutes se rapprochait comme un appel d'espoir. Une véritable cataracte semblait les attendre. Il fallait continuer. Par instants, ils retenaient leur respiration pour mieux passer.

– C'est… de la… folie ! déclara tout d'un coup Michèle, la voix pleine de panique, sur le bord de l'asphyxie. Il faut qu'on rebrousse chemin.

– Non ! On arrive, on y est ! Ça y est ! On y est ! s'égosilla Julien, criant et riant à la fois.

Le tunnel touchait à sa fin. Néanmoins, une surprise attendait les trois explorateurs. L'étroit passage qu'ils avaient emprunté débouchait dans une autre salle, encore plus grande que la précédente. Le pire, c'était que le sol se trouvait plusieurs mètres plus bas. Les faisceaux lumineux fixés au casque de Julien éclairaient un… gouffre !

– Zut, zut, zut ! tonna le jeune garçon qui s'arrêta net, les yeux exorbités. Ne bougez plus !

– Quoi ? Qu'est-ce qu'il y a ? demanda Michèle.

Les deux adolescents de queue se trouvaient dans le noir complet. La lampe de Lionel venait d'expirer.

– Le tunnel débouche sur une falaise, expliqua Julien.

– Quoi ? demanda Lionel qui n'avait rien compris.

Son grand frère répéta plus fort :

– Il y a un grand vide devant nous ! Ne poussez plus sinon, on va tous se tuer !

– Qu'est-ce qu'on va faire ? cria la jeune fille, angoissée.

– On n'a pas le choix ! On doit descendre.

– Quoi ? Qu'est-ce qu'il dit ? questionna Lionel.

– Il dit qu'on doit dévaler la falaise qui se trouve de l'autre côté, répondit Michèle d'un ton étrangement indifférent.

Tout à coup, comme si elle venait juste de prendre conscience de ses paroles, ses yeux s'agrandirent d'étonnement.

– Mais il est fou !

Le secret de Michèle

JULIEN DÉROULA SA CORDE, la passa à Michèle qui, à son tour, la remit à Lionel. Ce dernier l'attacha à une stalagmite sûre.

– Faites comme moi, exhorta leur guide, déjà à demi sorti de l'orifice, le câble passé dans son dos, avant de se lancer dans le vide.

La paroi accidentée de la falaise offrait de bonnes prises lors de sa descente. Y trouvant des niches pour ses pieds, il bondissait, zigzaguait, dansant presque, en émettant des cris de joie mêlés de douleur. Dès lors, une folie s'empara du cascadeur. Des « Youpi ! », des « Ouche ! » et des « Yaouuu ! » déchiraient l'air frais de l'immense salle. Il atterrit en un rien de temps.

– À toi, Michèle ! avisa-t-il en levant la tête, lui fournissant en même temps de l'éclairage. Tu n'as qu'à te laisser glisser doucement en tenant bien la corde et en te penchant un peu en arrière.

– Bon ! jeta-t-elle en s'armant de courage. Quand il faut y aller, il faut y aller !

Elle s'installa exactement comme Julien le lui avait montré. Un bref instant, elle consulta Lionel du regard. Celui-ci lui caressa la joue du revers des doigts, une émotion indescriptible au cœur.

– Bonne chance, Michèle ! fit-il.

– Toi aussi, Lionel !

Elle prit une profonde respiration. Julien tendit la corde pour lui faciliter la tâche. Se méfiant de la solidité de chaque appui, la jeune fille dégringola l'escarpement très lentement. Elle soupira de soulagement lorsqu'elle parvint enfin en bas. Après que leur ami les eut rejoints, ils purent enfin jouir de la liberté de mouvements. Lionel dansait de bonheur en bondissant alternativement sur ses pieds. Ils rirent un bon coup, laissant sortir toute la tension accumulée lors de la traversée du tunnel. C'était merveilleux ! De brèves percées de soleil jaillissaient par des interstices mystérieux, éclairant ainsi de façon passagère la gargantuesque salle, dont la pénombre était rassurante.

Après ce moment de défoulement, ils décidèrent de faire une pause. Julien leur fit la surprise d'allumer un feu avec de la tourbe qu'il avait cueillie à la surface. Quand le prévoyant garçon fit craquer l'allumette au-dessus de ce combustible et qu'ils virent la flamme danser joyeusement en s'amplifiant de plus en plus, les trois amis sentirent un extraordinaire bien-être les envahir. Une couverture épaisse fut étendue à même le sol. Ils déballèrent leurs vivres.

– Ouah ! Quelle descente ! déclara Lionel en constatant la hauteur impressionnante de la falaise.

– Ça alors ! C'est incroyable qu'on se soit rendus jusqu'ici, rétorqua Julien !

La noirceur moins compacte de cette nouvelle grotte leur permettait de distinguer le décor qui les entourait sans trop de peine. Le mur rocheux et escarpé qu'ils venaient de dévaler s'élevait à perte de vue au-dessus d'eux.

– Comment Marie-Jo a-t-elle pu descendre ? demanda Michèle.

Ils s'observèrent en silence. Seule la rumeur des chutes couvrait leur pénible réflexion.

– Faut continuer à être positif, conclut Julien.

– Je n'aurais jamais cru qu'il ferait aussi froid dans une caverne, annonça Lionel. J'ai les doigts gelés.

– Moi aussi ! reconnut Michèle, en se frottant les mains l'une contre l'autre.

Même le petit feu de tourbe n'arrivait pas à calmer l'engourdissement de leurs phalanges.

– Laisse-moi faire ! proposa Julien en s'approchant d'elle.

Il prit ses mains entre les siennes et se mit à les frotter rapidement.

– Mais qu'est-ce que tu fais, idiot ! critiqua la jeune fille, mal à l'aise.

– Ben quoi ! je te réchauffe, répondit l'adolescent innocemment.

– Arrête maintenant, ça va ! lui intima-t-elle.

N'aimant pas qu'on la touche, même de façon anodine, Michèle, les nerfs à fleur de peau, ne supportait pas ces frottements.

– Arrête, je te dis ! répéta-t-elle plus fort.

– Quoi ? fit à nouveau Julien en lui jetant un regard interrogateur.

Il remarqua alors ses joues enflammées. Cela le fit rire. Taquin, il continua de plus belle, remontant un peu plus haut, massant maintenant ses poignets fins, infiltrant ses doigts sous l'imper de la jeune fille.

– Quoi ! As-tu peur du mariage ? lança-t-il, les yeux rieurs.

Aussitôt, elle le repoussa. Mortifiée, elle cacha son visage entre ses mains.

– Oh ! s'exclama-t-elle d'une voix étouffée, vous ne pensez qu'à ça !

Au même moment, Lionel, mécontent, retint le bras de son frère.

– Enfoiré ! T'es vraiment le dernier des imbéciles.

– Les nerfs ! C'était juste pour rire, se défendit le grand adolescent.

Lionel s'approcha de Michèle.

– Ça va ? questionna-t-il, la voix sitôt radoucie.

La jeune fille, la tête penchée, essayait de cacher sa déroute.

– Non ! Ça ne va pas du tout ! lâcha-t-elle soudain en levant ses yeux rougis et ses lèvres tremblantes. Je ne… vous ai pas tout dit… C'est que… continua-t-elle, troublée.

– Qu'est-ce que tu veux dire ? questionna Lionel.

– Il s'agit de Jean-François ! Je… l'ai… tué !

– Comment ça ! Tu l'as tué ! s'exclama Julien. Il a eu un accident de moto.

– Oui, mais, c'est ma faute… Je lui ai demandé… je l'ai obligé… Il a pris la route parce qu'il s'inquiétait pour moi. Tout ça, c'est de ma faute ! J'AI TUÉ MON FRÈRE !

Épuisée par la lourdeur de son secret, Michèle s'effondra sur la couverture et éclata en sanglots. Ses épaules, secouées d'interminables spasmes, s'harmonisaient parfaitement avec ses gémissements qui emplissaient l'air humide. Les deux frères échangèrent un regard incrédule, impuissants devant la détresse de leur cousine.

– Mais pourquoi c'était si important qu'il vienne ? questionna Julien.

– Parce que…, commença Michèle.

Sa respiration s'accompagnait de reniflements insolites. L'émotion à son comble, elle recherchait son souffle. Ses traits exprimaient les stigmates de sa souffrance. Elle grogna de colère, tant elle s'en voulait de sa faiblesse. Envahie par ses souvenirs, les mots, trop longtemps emprisonnés dans son cœur, refusaient de s'échapper.

– Allez ! Michèle ! Il faut que ça sorte ! Libère-toi une fois pour toutes, fit Lionel.

Mais la jeune fille refusait violemment d'obtempérer.

– Je ne peux pas… je ne peux pas, réussit-elle à dire faiblement, la figure dans la courtepointe. C'est trop dur ! Je veux mourir !

– Qu'est-ce qui ne tourne pas rond chez toi, Michèle Messier ? s'exclama Julien. Ça a commencé quand Lionel a voulu t'aider, puis après, ton cirque de dingue lorsqu'on a décidé de repartir ; enfin, ton saut dans la rivière qui ressemblait plus à une tentative de suicide qu'à un accident ! Et maintenant, juste pour une toute petite blague de rien du tout, tu cries au meurtre ! C'est comme si tu avais peur qu'on te viole à tout bout de champ !

Il ponctua son discours de mimiques, ses bras fendant l'air, imitant exagérément les pleurs de la fillette, avant de conclure en riant :

– Dis donc ! Y a-t-il quelqu'un qui te pelote chez toi ?

– Laisse-la tranquille ! c'est pas drôle ! le réprimanda Lionel, choqué du franc-parler de Julien.

– Quoi ? explosa le garçon élancé, stupéfait par le ton de son frère. C'est pas vrai ?

La face allongée, on lui aurait appris que le monstre Godzilla se promenait sur une plage de la Floride qu'il n'en aurait pas été moins surpris ! Il s'en voulait tellement. Cependant, sa curiosité l'emporta sur ses remords.

– C'est qui ? Ton père ?

– Non, pas papa, objecta vivement Michèle en secouant la tête. Lui, c'est à peine s'il sait que j'existe.

– Alors, c'est qui ? insista Julien.

– Arrête de la questionner ! intervint Lionel, compréhensif.

La pauvre risqua un regard vers ses deux cousins et vit qu'ils la prenaient vraiment au sérieux. Maladroite, elle poursuivit, de gros sanglots dans la voix :

– C'est pour ça que je suis venue ici ! Je pensais que je serais morte comme Marie-Jo. Mais il y a eu les indices...

– Calme-toi, la réconforta Lionel en la voyant se recroqueviller sur elle-même encore plus. Dis-nous ce que tu as dit à Jean-François pour qu'il se décide à te rejoindre ?

– Je lui ai dit que... qu'il était là...

– Qui ça, il ? questionnèrent Julien et Lionel à l'unisson.

– Son meilleur ami... Robert, murmura-t-elle.

– Robert Campanion ?

Elle opina faiblement de la tête tout en se gardant bien de les regarder.

– Oui, il... il..., bégaya-t-elle, de plus en plus mal à l'aise.

– Quoi ! tu veux dire que Campanion et toi... Non, c'est pas possible ! Il a vingt-huit ans. Tu charries ! déclara Julien sceptique.

– Laisse-la parler, gronda Lionel.

Julien se renfrogna, mécontent, regrettant encore plus sa petite blague de tantôt. Tout à coup, il comprenait mieux le comportement, si froid, si détestable, de sa cousine.

– Tu peux parler, Michèle. Sois sans crainte. Tu peux nous faire confiance.

Elle leva la tête doucement et rencontra le regard franc de Lionel. Elle sentit une chaleur remplir son cœur. Sa sollicitude sincère lui donna du courage.

– Au début, j'ai cru que c'était un jeu. J'avais seulement huit ans. Plus tard, j'ai compris qu'il se servait de moi... pour...

Les mots restèrent suspendus, flottant lourdement au-dessus d'eux. C'était trop laid, trop honteux, trop abject. Comment la verraient-ils dorénavant ?

– Tu veux dire que ce salaud te touchait, déclara Julien crûment, de la consternation dans la voix, dévoilant ainsi la sentence infâme.

Michèle rougit de plus belle. Un long frisson parcourut tout son corps.

– Et Jean-François était au courant ? demanda doucement Lionel avec un trémolo dans la voix.

Ému, il pouvait imaginer ce qu'elle avait enduré. Vivre des expériences d'adulte dans son corps d'enfant. Ça devait être intolérable !

– Oui ! répondit-elle dans un souffle. Il... nous... a surpris un jour. Il est entré dans une colère ! Je ne l'avais jamais vu ainsi. J'ai cru qu'il allait le tuer. Il l'a rué de coups de poing et l'a jeté dehors en lui criant qu'il ne voulait plus jamais le revoir.

La poitrine de Michèle frémit d'émotion. Elle avait oublié de respirer pendant l'aveu.

– Et ensuite ? interrogea Lionel avec douceur.

La jeune fille revoyait Jean-François, les poings et le visage encore frémissants de colère. Pas un mot. Il n'avait rien dit. Mais, jusqu'à sa mort, elle se souviendrait toujours de son regard. Ce regard de dégoût ! Puis il était parti ! Comme elle avait eu de la peine !

– Et ensuite ? répéta Lionel, maintenant tout près d'elle.

Michèle se releva et essuya ses joues du plat de la main.

– Puis après, poursuivit-elle en reniflant, il ne me parlait plus. Il m'a boudé... pendant des semaines. Je crois qu'il me détestait !

Le flot de larmes s'était arrêté. Seuls des sanglots secs sortaient de sa gorge, comme d'inlassables sursauts s'échappant du plus profond de ses entrailles.

– Mais non ! s'objecta Lionel. Il ne savait juste pas comment... réagir !

– Oui, approuva Julien, il ne te détestait pas, toi, Michèle. Il détestait ce qui s'était passé. Ce n'est pas la même chose.

Au fond, Julien avait le cœur tendre. Il n'acceptait pas facilement les ignobles agissements des puissants à l'encontre des plus faibles. Il estimait ce genre de comportement de lâche et d'injuste ! Ça le mettait hors de lui. Il avait alors envie de démolir quelqu'un ! De donner des leçons.

– Peut-être ! fit Michèle, encore dans le doute.

La compréhension et le respect qu'elle percevait chez ses deux cousins lui firent du bien. Bercée par la tendresse de leurs voix et par la douce musique des chutes qui semblaient ne chanter que pour eux, elle poursuivit :

– Mais il y a eu ce fameux samedi soir.

– Le samedi où Jean-François est mort ? demanda Lionel.

– Oui, c'est ça ! Il est revenu. Robert, je veux dire. Il a fait comme si de rien n'était. Il a même joué une partie de croquet avec papa et mon oncle Pat. J'étais furieuse. Maman était aux petits soins avec lui. Elle a toujours eu un faible pour lui.

– Oui, Robert était très souvent chez vous, remarqua Julien. On appelait Jean-François et lui *les frères siamois* !

– Alors, ce fameux samedi soir, qu'est-ce que t'as fait quand tu l'as vu se pointer ? continua Lionel.

– C'est là que j'ai appelé Jean-François. J'étais bouleversée. Je pleurais. Je... Il m'a répondu de ne plus m'en faire, qu'il arrivait sur-le-champ. Mais... il n'est jamais arrivé.

– Et Robert..., fit Lionel. Est-ce qu'il t'a...

Michèle baissa les yeux, inclina la tête, et aussitôt, des gémissements ressemblant aux cris d'un animal blessé et agonisant emplirent la caverne.

– Le salaud ! cracha Julien. Le salaud ! Je vais lui casser la gueule ! Je vais lui faire avaler toutes ses dents !

Le garçon, résolument agressif, parlait avec une sincérité qu'il n'avait jamais encore ressentie. Rouge de colère, il écrasa son poing dans sa paume.

Lionel, quant à lui, pleurait en silence. La douleur sincère de la jeune fille, trop vive pour lui, l'interpellait au plus profond de son cœur. Il partageait sa peine aussi certainement que si c'était lui qu'on avait manipulé, utilisé et violé.

– Oh ! Michèle ! reprocha-t-il, la voix remplie de sanglots. Pourquoi ne nous l'as-tu pas dit ?

Ayant épuisée toutes ses larmes, l'adolescente ne ressentait plus qu'un grand vide qui la brûlait. Une souffrance sèche, plus éprouvante que tous les pleurs du monde ! Celle-ci avait les visages de la honte et de la culpabilité. Elle les combattit péniblement avant d'expliquer :

– Je ne pouvais pas ! À partir de… ce… moment-là, j'ai su qui j'étais réellement : une moins que rien, un déchet, et en plus, je suis responsable de la mort de Jean-François. C'est ce qui me fait… le plus mal ! termina-t-elle, misérable.

Elle garda pour elle la sordide et douloureuse insinuation de Robert : qu'il s'était débarrassé de Jean-François à cause d'elle et qu'il n'hésiterait pas à recommencer si le besoin se présentait.

– La mort de Jean-François n'est pas de ta faute, Michèle !

– Il a raison, fit tout à coup Julien, il ne faut pas que tu te culpabilises pour ça. S'il y a un responsable, c'est cette pourriture, ce salaud de Champignon. Je te le dis, moi ! C'est sûr ! Et il va passer un mauvais quart d'heure, je te le jure…

– Tu n'aurais pas dû endurer tout ça toute seule ! On aurait pu t'aider, coupa Lionel.

– Vous… vous promettez, supplia Michèle, de n'aller raconter ça à personne. Dites que vous le promettez !

Les yeux encore dans le brouillard, les lèvres tremblantes, la figure barbouillée, la jeune fille était soudain inquiète.

– Si c'est vraiment ce que tu veux, consentit Lionel après hésitation, on ne dira mot à personne ! Hein Julien !

– Moi, je veux bien ! Mais le Champignon ne risque-t-il pas de se poser des questions quand je vais lui démolir la face ?

– Julien ! objecta Michèle qui regrettait ses aveux, soudain apeurée à cause des menaces de Robert. Je t'en prie, promets que tu ne feras rien et que tu ne diras rien !

Le grand adolescent exprima une grimace en guise d'hésitation, puis, avec un clin d'œil complice, toucha sa cousine gentiment à l'épaule.

– Quoi, est-ce que j'ai entendu quelque chose, moi ? Non, je n'ai rien entendu, répondit-il, l'air mi-sérieux, mi-rieur.

Tout à coup, ils perçurent un écho à travers le bruit des cascades. Quelqu'un criait !

– Là, par exemple, j'entends quelque chose et je crois bien que ce n'est pas dans mon imagination, déclara Julien, le sourire aux lèvres.

La surprise à double face

– C'EST MARIE-JO ! s'exclama Michèle. Elle se leva prestement, son chagrin soudain éclipsé, et cria de toutes ses forces :

– Hé ! Marie-Jo ! Marie-Jo !

– Maaaariiiiie-Joooooo ! appelèrent Lionel et Julien en bondissant sur leurs pieds.

– Micheeeele !

– Oui, c'est elle ! s'écria Lionel en sautant de joie.

– Hourra ! s'écria Julien en piétinant les braises de leur feu de camp.

– Maaariiiie-Jo, ne bouge pas, on arrive ! avertit le plus jeune des garçons avant d'ajouter à l'intention des deux autres, c'est par là !

Sans prendre la peine de ranger, ils se mirent en marche. La couverture, les sacs à dos, les victuailles, tout resta sur place. L'idée de retrouver leur cousine bien-aimée les galvanisait. Les appels de Marie-Jo retentissaient tel un vent d'espoir pour les trois explorateurs. Ils riaient tout en avançant dans l'obscurité. Celle-ci était transpercée uniquement par l'éclairage dispensé par les lampes torches de Julien.

Dans la caverne aux proportions démesurées et truffées d'énormes colonnes naturelles, les cris se répercutaient, rebondissant de-ci, de-là, rendant les recherches difficiles. Lionel, qui devançait le petit groupe, s'arrêta soudain, écouta l'écho et repartit d'un autre côté en disant :

– Par là !

– Non, c'est de l'autre côté, s'obstina Julien.

– Arrêtez ! C'est dans cette direction. J'en suis sûre ! renchérit Michèle.

Les cris de Marie-Jo résonnaient dans tous les sens. Cette écholalie involontaire mettait les nerfs à rude épreuve.

– Hé oh ! Je suis là ! Au secours !

Il y avait cinq, huit, dix Marie-Josée qui appelaient à l'aide. C'était déroutant !

Puis, les cris de leur amie cessèrent. Interdits, ils stoppèrent leur élan enthousiaste.

– Marie-Jo ! hurla Michèle, inquiète.

Pas de réponse.

– Marie-Jo ! Marie-Jo !

Toujours rien.

– Vite, vite, il faut la retrouver ! Je sens qu'il lui est arrivé quelque chose.

Tout à coup, la jeune fille vit un éclat de lumière au pied de la falaise, précisément là où ils étaient descendus. Mais la lueur avait déjà disparu. Une illusion, peut-être ?

– Hé ! vous avez vu, là-bas, il y a quelque chose qui a brillé ! annonça-t-elle à ses compagnons.

Julien dirigea les faisceaux lumineux dans cette direction. Ils scrutèrent les ténèbres. En vain ! Ils ne perçurent aucun signe de vie.

– Tu as dû rêver, conclut-il.

– Puisque je te dis que j'ai vu un flash.

Sans plus réfléchir, Michèle se précipita vers l'endroit suspecté.

– Marie-Jo ! C'est toi ? s'écria-t-elle.

– Attends, Michèle, protesta Julien, tu te fatigues pour rien ! C'est sûrement le reflet d'un objet de notre campement. Reviens !

Mais l'adolescente, au contraire, fonçait à l'aveuglette, sans éclairage suffisant.

– Marie-Jo ! appela-t-elle encore !

Elle entendit tout à coup un son à peine perceptible et se dirigea vers celui-ci. Ses cousins restaient en arrière, persuadés qu'elle reviendrait bientôt en s'apercevant de son erreur.

– Michèèèlllle ! siffla Lionel.

– Marie-Jo ! cria le grand en pivotant de l'autre côté.

Lionel s'emporta.

– Julien, donne-lui de la lumière au moins !

L'adolescent obéit instantanément. Mais il n'y avait plus de Michèle. Disparue ! Volatilisée !

– Michèle ! appela Lionel.

– Mais où est-elle passée ? Elle était là il y a quelques secondes à peine.

Julien fixa la lumière sur leur campement, puis à gauche, à droite. Leurs effets, à moins de vingt-cinq mètres, n'avaient pas bougé d'un poil. Les deux frères restèrent cloués sur place, éprouvant une nouvelle angoisse au cœur.

❦

La pauvre Michèle poussa une exclamation, étouffée par la main de son assaillant qui venait de s'abattre sur sa bouche. Celui-ci l'entraîna dans un repli du terrier géant.

– Alors, petite salope ! murmura l'homme entre ses dents. Il fallait que tu mouchardes.

« Robert Campanion ! » reconnut Michèle.

Pinçant son menton de son autre main, il la força à le regarder. Elle se débattit, donnant des coups de poing, se tortillant pour fuir. Mais tout comme son cœur, le corps de l'adulte érigeait un mur de pierre. Apercevant son visage tout près d'elle, glacée d'épouvante, terrorisée, Michèle ferma les yeux, vivant un véritable cauchemar.

« Ça y est ! se dit-elle. Je suis en enfer ! »

– Regarde-moi, mon p'tit bouton de rose ! ordonna Robert.

Michèle obéit en tremblant. Dans la pénombre de la caverne, elle voyait ses yeux agrandis par une colère inhumaine, une colère meurtrière. Elle tenta de crier, mais seuls des cris étouffés s'échappaient de ses lèvres endolories.

– Alors, poursuivit Robert en resserrant cruellement son étreinte, tu croyais me quitter comme ça ! Tu ne sais pas encore que je t'aime, ma petite coccinelle. Je ne te laisserai jamais partir ! Tu comprends, Michèle ? Tu es à moi ! À moi seul ! Qu'est-ce que tu as fait avec ces deux bozos ? Allez, avoue à Bobby ! Est-ce qu'ils t'ont embrassée ?

Il serra plus fort son étau, exigeant une réponse, la voix plus dure que jamais. Michèle s'empressa de nier de la tête, les yeux exorbités par la peur.

– Non ? fit Robert. T'es sûre ?

Elle acquiesça d'un signe de tête nerveux, lamentable, les yeux explosant de terreur. « Je t'en prie ! » le supplia-t-elle, mais seuls des sons inaudibles parvinrent à Robert.

Il serra encore plus fort sa prise. Impitoyable, il l'immobilisait complètement sur la paroi de la caverne, la broyant de toute part. Puis, il lâcha son menton et descendit vers son cou. Il laboura sa chair tendre comme si, indécis, il se demandait ce qu'il allait faire d'elle.

– Dans le fond, tu es comme toutes les autres qui veulent attirer l'attention de tous les gars, comme une PUTAIN ! cracha-t-il avec mépris.

De grosses larmes de désespoir s'échappaient des yeux de Michèle.

– Tu m'as fait de la peine, continua Robert en penchant la tête, la bouche tordue, ignorant complètement la souffrance qu'il infligeait. Maintenant, tu as tout détruit entre nous, tu t'en rends compte, hein !

Il empoigna son cou et serra.

– Tu voulais sortir de ma vie ! Alors, tu vas être servie.

Il serra ! Encore ! Et encore ! Michèle, la sueur au front, commença à manquer d'air. C'était la fin !

« Mon Dieu ! Non, pas comme ça ! »

Sur le bord de l'évanouissement, elle cessa de se débattre. Soudain, l'étau qui l'empêchait de respirer se desserra. À moitié inconsciente, elle eut juste le temps de voir Robert écarquiller les yeux de surprise. Puis, anéantie, épuisée, elle s'effondra au sol. Glissant au ralenti le long du mur rocheux, elle se retrouva assise, les genoux pliés, le dos appuyé contre la pierre. Enfin libre, elle prit de grandes et pénibles respirations. Blême comme un fantôme, elle toussota en tenant son cou endolori.

Quand elle rouvrit les yeux, ce fut pour voir son bourreau, inconscient.

– Michèle !

Elle leva la tête et vit ce qu'elle n'espérait plus. Au-dessus du corps inerte de Robert, il y avait le visage de sa meilleure amie.

– Marie-Jo ! appela-t-elle d'une voix faible.

– Oh ! Michèle ! s'exclama sa cousine en enjambant le corps de l'homme et en s'effondrant aux côtés de son amie. J'ai toujours dit que je devrais me pratiquer plus souvent à la boxe.

Puis, elle se débarrassa du gros galet dont elle s'était servie pour assommer Robert et se jeta dans les bras de Michèle.

– Marie-Jo ! s'écria cette dernière en pleurant et en riant, tout à la fois.

Les deux jeunes filles s'enlacèrent tendrement.

– Michèle ! Enfin, te voilà, fit Marie-Jo, la voix tremblante ! Je n'y croyais plus. Puis, j'ai entendu un murmure ! J'ai cru apercevoir un ange.

– Un ange ? répéta Michèle, incrédule, en relevant la tête vers son amie.

– Oui, un ange ! Il m'a tenu la main et m'a redonné courage. Il m'a parlé de toi. Il m'a soufflé ton malheur et m'a demandé de t'aider.

– De m'aider..., murmura Michèle, interdite, encore le souffle court.

– J'ai entendu tes pleurs ! L'ANGE, c'était toi ! J'en suis sûre, maintenant ! Ou ton esprit ! Appelle ça comme tu voudras. Tu m'as ramenée à la vie. Tu m'as guidée dans cet enfer. Oh ! Michèle, poursuivit-elle, deux grosses larmes apparaissant sur ses joues, me pardonneras-tu jamais ?

– Pourquoi ? demanda Michèle, étonnée.

– Parce que… tout ce temps, tu essayais de me dire quelque chose et je n'ai rien compris. J'ai été idiote ! Tes contes à dormir debout. Dire que des fois, je les trouvais drôles ! Mais tout est devenu clair comme du cristal, comme si la noirceur qui m'entourait avait avivé mon esprit. Maintenant, je sais que ce n'était pas rien que des histoires, n'est-ce pas ? C'était lui, le méchant de tes aventures abracadabrantes ? émit la jeune fille en pointant l'homme inanimé.

Michèle acquiesça dans un murmure, émue jusqu'aux larmes de la compassion et des regrets sincères qu'elle pouvait lire dans les yeux de son amie.

– Marie-Jo ! La seule chose qui m'aidait à tenir, c'était ton amitié et de pouvoir te raconter mes folles histoires. Je n'étais en paix qu'avec toi. Toujours cette peur qui ne me lâchait jamais ! déclara l'adolescente, qui voyait les murs qui emprisonnaient son cœur s'écrouler un à un.

Elle fit un signe de tête vers Robert Campanion.

– Et ici, poursuivit-elle, même dans les profondeurs de la terre, il est encore venu me rejoindre. Moi qui croyais qu'en me jetant dans cette expédition complètement insensée, je me libérerais enfin de ma peur et de ma honte. Mais non, elles m'ont suivie ! Tu te rends compte ! Et toi, Marie-Jo, que je venais sauver ! Non, des deux, c'est toi qui as sauvé l'autre !

Michèle pleurait de bonheur en serrant plus fort sa cousine dans ses bras. Les retrouvailles émouvantes des deux amies furent interrompues par des rais de lumière qui se baladaient au rythme des enjambées de Julien. Marie-Jo recula d'un pas. Les deux jeunes adolescents arrivèrent à leur hauteur.

– Hé ! les gars ! Vous tombez à pic ! Il n'est pas trop tôt, déclara la grande fille, la voix émotionnée.

– Marie-Jo, c'est toi ! Enfin ! s'écria Lionel.

– Bravo, Michèle, tu l'as trouv..., commença Julien.

Les garçons restèrent un instant pétrifiés de voir le corps d'un homme étendu par terre.

– Que s'est-il passé ? demanda le plus jeune d'entre eux. Qui est-ce ?

– Oh ! la vache ! s'exclama l'aîné qui venait de reconnaître l'identité du corps. C'est ce salaud, ce crotté de Campanion.

– Oui, il a voulu étrangler Michèle, fit Marie-Jo d'une voix blanche.

– Quoi ? s'écrièrent les deux frères en même temps.

– Mais Marie-Jo est arrivée, l'a assommé et il est tombé raide par terre, expliqua Michèle encore faible, en portant une main tremblante à son cou meurtri.

– Ouah ! Marie-Jo ! Chapeau ! Rappelle-moi de te donner une médaille dès qu'on retourne chez nous pour ce geste généreux, déclara Julien.

Les retrouvailles

– MICHÈLE ! tu l'as échappé belle ! dit Lionel, tout retourné. Est-ce que ça va ?

– Oui, je crois, répondit-elle d'une voix tremblotante. Mais est-ce qu'on peut partir ?

Encore très pâle, elle massa faiblement son cou qui bleuissait.

– Il faut l'éloigner d'ici, approuva Marie-Jo. Elle a reçu tout un choc.

– Venez, le campement n'est pas trop loin, fit Lionel. Toi, Julien, occupe-toi de lui. Je n'ai pas envie que « la bête » se réveille.

– T'en fais pas ! Je vais bien m'en occuper.

Il tira sur un cordage qui se trouvait parmi le matériel que Robert portait sur lui.

– C'est gentil, vieux, d'avoir pensé à apporter ça !

– Attache-le bien, surtout ! recommanda Marie-Josée.

– T'en fais pas ! Marie ! Il ne pourra même pas se gratter les fesses, déclara-t-il en effectuant déjà un troisième nœud.

Le grand adolescent en profitait bien, se vengeant à chaque serrement. Ficelé comme un saucisson, Robert eut bientôt les mains et les pieds liés, puis, ses quatre membres noués ensemble dans le dos.

Marie-Jo paraissait beaucoup plus secouée et abîmée de son séjour forcé dans le souterrain qu'elle voulait le laisser croire. Lionel lui offrit son bras en même temps qu'il soutenait Michèle de l'autre côté. Cette dernière tremblait encore de tous ses membres.

Julien les vit se diriger vers le campement. Le trio lui tournait le dos.

– J'en ai pas pour longtemps ici ! Juste le temps de régler un petit compte personnel ! les prévint-il. J'ai assez hâte d'avoir le droit de mettre des ordures comme toi derrière les barreaux. T'es chanceux que je sois bien élevé, sinon, je t'arrangerais le portrait, espèce de salaud ! termina-t-il en brandissant le poing au-dessus de l'épave humaine.

Après avoir mis la touche finale à son ficelage, il se leva, puis, sur le point de le quitter, il se ravisa :

– J'ai menti ! Je ne suis pas aussi gentil que ça !

Avec cœur, il cracha sur l'homme. L'énorme jet de salive atteignit le visage inerte, coula le long de sa joue, fut dévié par son nez et alla terminer sa course sur ses grosses lèvres molles.

Julien s'éloigna, satisfait !

❧

Plusieurs minutes plus tard, ils soignèrent de leur mieux les blessures de Marie-Jo. Elle reprenait déjà des couleurs et des forces. La jeune fille amaigrie raconta comment elle s'était nourrie et désaltérée. Ses cousins trouvèrent miraculeux qu'elle ait survécu à de pareilles conditions. Malgré des ecchymoses et des éraflures impressionnantes sur les bras et les jambes, une boursouflure aubergine qui surplombait sa pommette gauche et quelques engelures superficielles, elle semblait s'en être bien sortie. Elle leur expliqua comment, grâce aux pleurs de Michèle, elle les avait retrouvés. Elle raconta, pour les garçons, son histoire de l'ange qui l'avait guidée à travers l'obscurité de la caverne. Tout en remarquant l'air perplexe de Julien, elle poursuivit son récit :

– C'est alors que je l'ai vu ! Il s'est caché, comme s'il attendait quelque chose ou quelqu'un. Étonnée de ses agissements, j'ai cessé de vous appeler en me dissimulant à mon tour. Je l'ai vu agripper Michèle, la forcer à le suivre. Il s'est mis à la menacer. J'ai reconnu sa voix. J'ai accouru le plus vite que j'ai pu.

Julien, très fier de sa cousine, reconnaissait bien là son cran légendaire. Elle avait osé affronter un grand gaillard comme Robert Campanion ! Il était impressionné.

Muette depuis son retour au campement, Michèle frémit de peur à l'évocation de l'attaque sauvage qu'elle avait subie.

– Julien, tu es sûr qu'il est bien attaché ? demanda-t-elle, la voix effrayée.

– Sûr ! Ne t'inquiète pas. Il ne te fera plus jamais de mal. C'est moi qui te le dis ! Fais-moi confiance !

Soulagée, elle respira mieux. Pour la première fois depuis très longtemps, Michèle éprouvait un sentiment de confiance. Que c'était bon ! Elle se mit à rire. D'un rire neuf et franc qui s'échappait du plus profond de son âme. Plus fort qu'elle ! Grandissant et fleurissant ! Comme un bonheur emprisonné qui célèbre sa liberté !

Heureux de la voir ainsi, les autres la rejoignirent dans son allégresse. Moment irréel, magique ! Ils s'étreignirent et s'embrassèrent et, c'est dans les rires qu'ils réalisèrent qu'ils étaient devenus désormais des amis précieux. Rien ne sera plus jamais pareil. Quatre cœurs battaient à l'unisson, gonflés d'un même élan, d'un même soulagement, d'un même réconfort, d'une même victoire !

– Je n'en reviens pas que vous ayez eu le courage de venir me chercher jusqu'ici, s'étonna Marie-Jo.

– On peut dire que c'est grâce à Michèle, affirma Lionel.

– Ah oui ? s'exclama l'adolescente, stupéfaite.

– Eh oui ! Difficile à croire, mais vrai ! observa Julien. On était découragés, sur le point d'abandonner, quand Michèle a trouvé l'une de tes espadrilles, puis ton foulard et une flèche. Alors on a repris espoir et on a continué.

Ils bavardèrent, rirent ensemble, racontant leurs péripéties. Ils parlèrent du fameux lac aux Grenouilles qui cachait bien son jeu. Chacun de leur côté, ils y allèrent de leur interprétation des faits, provoquant des fous rires.

Mais un malaise subsistait. Des questions planaient ! Un silence pesant s'installa tout à coup. Marie-Jo mordit dans un biscuit d'avoine en considérant ses cousins, puis se pencha vers son amie.

– Est-ce qu'ils sont au courant ? murmura-t-elle.

Cherchant à éviter les regards des garçons, Michèle se contenta d'incliner la tête. Elle s'en voulait de s'être confiée, car elle avait peur des conséquences.

– Oui, nous sommes au courant, confirma Julien.

Marie-Jo se tourna vers sa cousine.

– Veux-tu nous en parler ?

Michèle, gênée, avait encore du mal.

– Je ne sais pas... pourquoi j'ai parlé ? avoua-t-elle, le regard fuyant.

– Pourquoi ? objecta Lionel, surpris. Mais parce que... pour la première fois de ta vie, tu as fait confiance ! Voilà pourquoi ! Tout ce qu'on a vécu ici, dans cette caverne, nous a rapprochés plus que toutes les situations ordinaires de la vie quotidienne. Tu as appris à faire confiance !

– Oui, s'émerveilla Michèle en se tournant enfin vers ses amis, je ne pourrais pas l'expliquer, mais il y a une petite voix en moi qui me souffle que je peux vous faire confiance.

– Bien sûr que tu peux nous faire confiance, dit Julien, ses yeux de braise plus ardents que jamais. Maintenant, on est frères et sœurs bien plus que cousins. On ne te laissera jamais tomber, pas vrai, Lionel ?

– Sûr ! affirma le garçon.

– Oui, Michèle, tu peux compter sur nous tous, fit Marie-Jo.

– Mais... bégaya-t-elle, d'un air malheureux, mais... vous... je... ne... vous... dégoûte pas ?

Tourmentée, la jeune fille avait posé cette question en puisant dans ses réserves de courage. Et si on la rejetait ? Et si on la haïssait ? Et pire, si on l'abandonnait pour de bon ? Combien de fois s'était-elle sentie sale, indigne ? N'avait-elle pas pensé des milliers de fois qu'elle méritait ce qui lui arrivait ? Entraînée à être sans pitié envers elle-même, elle ne pouvait imaginer le contraire venant des autres.

– Quoi ? s'indigna Lionel. Mais non ! Ce qui t'est arrivé n'est pas de ta faute.

– Il a raison ! Ce n'est pas toi qui l'as choisi. Il te l'a imposé, il t'a obligée, en te manipulant, en te forçant lâchement.

Sincère, Julien fulminait.

– Michèle ! ajouta Marie-Jo. Tu ne dois plus jamais te sentir coupable ! L'important, c'est pas ce qui est survenu hier, il y a un mois ou même il y a un an, mais c'est ce qui arrivera aujourd'hui et demain. Car, si tu n'as aucun pouvoir sur le passé, tu en as sur le présent et sur l'avenir. Tu es maîtresse de ta destinée, Michèle. Tu peux choisir ton devenir. Tu peux décider d'être heureuse.

– C'est bien vrai, ça ! Qu'est-ce que tu décides ? demanda Julien.

– Oui, Michèle, dis-nous ton choix pour aujourd'hui et demain ? reprit Lionel.

Elle les regarda tour à tour, complètement bouleversée, les yeux noyés de larmes, les lèvres tremblantes.

– Mais quel genre de bonheur pourrais-je espérer ? Je ne suis plus qu'un déchet humain ! L'amour est mort en moi. Vous comprenez ? Je ne pourrai plus jamais aimer de toute mon âme et de tout mon cœur. C'est trop tard ! Je n'ai plus rien à offrir. Tout ce qui me reste, c'est la haine. Je ne suis plus qu'un objet, qu'un DÉCHET. Cette impression est imprégnée dans ma chair ! Vous entendez ! Elle est tatouée sur mon cœur !

La jeune fille, le visage inondé, les joues en feu, frappa sa poitrine de son poing en prononçant ces dernières paroles. Au-delà de cette tragique résignation, c'était l'âme de Michèle qu'ils entendaient vibrer. Les garçons, secoués malgré eux par ce langage poignant du cœur, en pleurèrent d'émotion.

– Michèle ! protesta Marie-Jo après un instant de silence. Ce n'est pas vrai ! Tu n'es pas un vulgaire objet. Encore moins un déchet, comme tu dis. Tu es une enfant de Dieu ! Pour toujours ! N'en doute jamais ! Et pour Lui, tu es précieuse ! Et tu peux encore aimer ! Ne te condamne pas comme ça. Laisse-toi encore une chance. Et dis-toi que l'amour, le vrai, ce n'est pas ce que tu as vécu. Ça, ce n'était pas de l'amour !

– Et tu sais, déclara Lionel, courageux, tentant de maîtriser ses larmes, on est là ! Laisse-nous t'aider à oublier. À refermer un peu la plaie. Est-ce que tu veux tenter le coup avec tes nouveaux amis, Michèle ?

– Oui, fit Julien, étonné de sentir encore ses yeux lui piquer. C'est comme il le dit. Il faut que tu choisisses la vie.

– Je t'en prie, Michèle, n'abandonne pas ! supplia Lionel de plus en plus ému.

– Ne nous laisse pas tomber ! reprit Marie-Jo.

La jeune fille, remuée par la prière de ses amis, ressentait au plus profond de son cœur la force et la sincérité de leur amour.

– Je crois..., hasarda-t-elle en les fixant intensément, que je choisis... la vie !

Elle se jeta dans les bras de Marie-Jo. Julien et Lionel vinrent les entourer et, tous les quatre, ils célébrèrent la joie, s'enlaçant et riant à la fois. Ils formaient un cercle plus uni, plus fort que toutes les armées de la terre, car leur force était une arme rare et précieuse, toute nouvelle pour Michèle : l'amour !

La jeune fille se sentait revivre. Désormais, elle ne sera plus seule dans l'océan de la vie. À l'avenir, elle aura toujours trois bouées de sauvetage sur qui elle pourra compter pour rejoindre le rivage si elle se noie encore dans l'indifférence et la violence de ce monde.

Épilogue

L'ÉPLUCHETTE de blé d'Inde de Marie-Jo fut une grande réussite. On aurait pu croire que toute la municipalité s'y était rendue. Même des touristes, attirés par les feux d'artifice, la musique enjouée, les danseurs animés et les rires joyeux, s'y arrêtaient. Certains d'entre eux, moins gênés, se joignirent même aux Messier, comme s'ils faisaient partie de la famille. Celle-ci, enchantée par les derniers événements, n'en tint pas compte, distribuant blé d'Inde et boissons gazeuses à qui voulait bien partager leur bonheur.

– Hé ! Michèle ! Devine la surprise qu'on a pour toi ! s'écria Lionel dans le dos de sa cousine, en lui bandant les yeux de ses paumes.

– C'est quoi ? demanda celle-ci tout sourire, curieuse.

Julien et Marie-Jo arrivèrent avec un énorme paquet.

– Tu peux regarder, maintenant ! fit Lionel en retirant ses mains.

– Franky ! s'écria Michèle, les yeux agrandis de surprise et de joie. Mais comment...

– Nous sommes allés la récupérer, expliqua Julien. Maman a remplacé le bourrage et papa a réparé la structure. Elle est comme neuve !

– Oh ! Franky ! répéta la jeune fille en prenant la peluche dans ses bras. Vous y êtes retournés, j'en reviens pas !

– Il fallait y retourner de toute façon pour aller chercher le matériel, et Lionel a insisté pour qu'on ramène ton monstre qui a failli tous nous tuer, déclara Julien en bousculant amicalement son frère d'un coup d'épaule.

Michèle, folle de joie, tomba dans les bras de son cousin et plaqua un baiser enthousiaste sur sa joue.

– Merci, Lionel ! Si tu savais ce que ça représente pour moi !

– Je suis content que tu sois heureuse ! répondit-il en lui souriant affectueusement.

Deux semaines s'étaient écoulées depuis leur retour. L'explosion du coucher de soleil les avait guidés vers la sortie. C'est perchés aux deux tiers de la chute, ce rideau bouillonnant qui se jetait dans le lit de la rivière, qu'ils admirèrent, ébahis, le paysage. L'air frais, magnifiquement revigorant, entrait dans leurs poumons autant que dans leur cœur. Michèle avait eu l'impression que toutes ces merveilles l'attendaient depuis une éternité, élevant leurs bras vers elle. Le halo de la lune s'intensifiait tranquillement, de l'autre côté, au-dessus de la petite chaîne de montagnes bleuâtres. Le ciel était baigné de chaleur et de couleurs. Dès ce moment, elle sut que, plus jamais, elle ne bouderait ce spectacle fascinant ! Ils avaient ensuite suivi les méandres de la rivière jusqu'au poste du gardien du parc des Chutes Noires. De là, ils avaient appelé les secours. Robert fut arrêté pour tentative de meurtre et pour agression sexuelle. Depuis, il était en attente de son procès. Mais sa peine serait sévère !

Michèle chassa ce dernier souvenir de ses pensées pour contempler ses nouveaux amis, avec cette toute neuve étincelle de joie qui brillait dans ses yeux. Ils rirent de tout cœur, complices et heureux de retrouver la vraie Michèle, celle qu'elle aurait toujours dû être.

– Hé ! s'écria gaiement Julien, je commence à croire qu'elle est magique la grotte du lac aux Grenouilles !

– Ça, c'est sûr, annonça Marie-Jo. Depuis que je suis tombée dedans, mes parents ont sorti leur compassion des boules à mites.

– Même chose pour moi, déclara Michèle. Ma mère ne m'appelle plus *la petite* et elle essaie même d'arrêter de boire ! Elle veut qu'on passe plus de temps ensemble !

– Ouah ! fit Lionel. Nos parents aussi ! Ils veulent faire des activités en famille. Vous vous rendez compte. On hallucine !

Table

Collection « Ado »

1. *Le Secret d'Anca*, roman, Michel Lavoie. Palmarès de la Livromanie 1997.
2. *La Maison douleur et autres histoires de peur*, nouvelles réunies par Claude Bolduc, avec Alain Bergeron, Joël Champetier, Michel Lavoie, Francine Pelletier et Daniel Sernine.
3. *La Clairière Bouchard*, roman, Claude Bolduc.
4. *Béquilles noires et flamants roses*, roman, Micheline Gauvin.
5. *La Mission Einstein*, nouvelles, Sophie Martin et Annie Millette. Prix littéraire jeunesse Vents d'Ouest 1996.
6. *Vendredi, 18 heures...*, roman, Michel Lavoie.
7. *Le Maître des goules*, roman, Claude Bolduc.
8. *Le Poids du colis*, roman, Christian Martin.
9. *La Fille d'Arianne*, roman, Michel Lavoie. Palmarès de la Livromanie 1998.
10. *Masques*, nouvelles, Marie-Ève Lacasse. Prix littéraire jeunesse Vents d'Ouest 1997; Prix littéraire *Le Droit* 1998.
11. *La Lettre d'Anca*, roman, Michel Lavoie.
12. *Ah! aimer...*, nouvelles réunies par Michel Lavoie, avec Claude Bolduc, Marie-Andrée Clermont, Dominique Giroux, Robert Soulières.
14. *La Liberté des loups*, roman, Richard Blaimert. Prix Cécile Gagnon 1998.
15. *Toujours plus haut*, roman, Louis Gosselin.
16. *Le Destin d'Arianne*, roman, Michel Lavoie.
17. *Amélie et la brume*, roman, Jacques Plante.
18. *Laurie*, roman, Danièle Simpson.

19. *Frayeurs d'Halloween*, roman, Anne Prud'homme. Prix littéraire jeunesse Vents d'Ouest 1998.
20. *Amitié, dites-vous?*, nouvelles réunies par Michel Lavoie, avec Francine Allard, Claude Bolduc et Linda Brousseau.
21. *Le Choix d'Anca*, roman, Michel Lavoie.
22. *Trafic au Mexique*, roman, Jacques Plante.
23. *Petites cruautés*, nouvelles réunies par Claude Bolduc, avec Michel Grenier, Sylvain Meunier, Jean Pettigrew et Guy Sirois.
24. *Deux petits ours au milieu de la tornade*, roman, Francine Allard.
25. *Tempête d'étoile et couleurs de lune*, roman, Louise-Michelle Sauriol.
26. *La Naissance de Marilou*, roman, Richard Blaimert.
27. *La Main de Sirconia*, roman, Claude Bolduc.
28. *Un amour en chair et en os*, roman, Sylvie André.
29. *Le Secret des brumes*, roman, Michel St-Denis. Prix littéraire de l'Abitibi-Témiscamingue 1999.
30. *Projet gicleurs*, roman, Michel Lavoie.
31. *Opération violoncelle*, roman, Micheline Gauvin.
32. *Péchés mignons*, nouvelles, Claude Bolduc.
33. *Mon père, ce salaud!*, roman, Francine Allard.
34. *Les Mémoires interdites*, roman, Ann Lamontagne. Palmarès Communication-Jeunesse des livres préférés des jeunes 2002.
35. *Dragon noir et fleurs de vie*, roman, Louise-Michelle Sauriol.
36. *L'Espion du 307*, roman, Louise-Michelle Sauriol.
37. *Sabaya*, roman, Ann Lamontagne. Palmarès Communication-Jeunesse des livres préférés des jeunes 2003.

38. *Évasions!*, nouvelles, sous la direction de Michel Lavoie. Prix littéraire jeunesse Outaouais 2001.
39. *Une nuit à dormir debout*, roman, Nadya Larouche. Palmarès Communication-Jeunesse des livres préférés des jeunes 2003.
40. *La Rage dans une cage*, roman, Michel Lavoie.
41. *La Nuit de tous les vampires*, roman, Sonia K. Laflamme.
42. *Le Défi*, nouvelles, sous la direction de Michel Lavoie. Prix littéraire jeunesse Québec 2002.
43. *La Cible humaine*, roman, Anne Prud'homme. Prix littéraire *Le Droit* 2003.
44. *Le Maître de tous les Maîtres*, roman, Claude Bolduc.
45. *Le Cri du silence*, roman, Francine Allard. Palmarès Communication-Jeunesse des livres préférés des jeunes 2004.
46. *Lettre à Frédéric*, roman, Michel Lavoie.
47. *Philippe avec un grand H*, roman, Guillaume Bourgault.
48. *Le Grand Jaguar*, roman, Sonia K. Laflamme.
49. *La Fille parfaite*, roman, Maryse Dubuc.
50. *Le Journal d'Arianne*, roman, Michel Lavoie.
51. *L'Air bête*, roman, Josée Pelletier. Palmarès Communication-Jeunesse des livres préférés des jeunes 2005.
52. *Le Parfum de la dame aux colliers*, roman, Louise-Michelle Sauriol.
53. *L'Amour!*, nouvelles, sous la direction de Michel Lavoie. Prix littéraire jeunesse Québec 2003.
54. *Coup de foudre et autres intempéries*, roman, Josée Pelletier.

55. *Sauve-moi*, roman, Nadya Larouche.
56. *Ma voisine est une vedette*, roman, Maryse Dubuc.
57. *Le Catnappeur*, roman, Sonia K. Laflamme.
58. *L'Enfant du lac Miroir*, roman, Louis Gosselin.
59. *L'Élixir du Trompe-l'œil*, roman, Anne Jutras.
60. *Mensonges!*, nouvelles, sous la direction de Michel Lavoie. Prix littéraire jeunesse Québec 2004.
61. *Un cœur en exil*, roman, Josée Pelletier.
62. *Virtuellement vôtre*, collectif, sous la direction de Marie-Andrée Clermont.
63. *La Prophétie de l'Ombre*, roman, Sonia K. Laflamme.
64. *Le Retour d'Anca*, roman, Michel Lavoie.
65. *Vert Avril*, roman, Maryse Dubuc.
66. *Le Souffle de l'étrange*, collectif, sous la direction de Marie-Andrée Clermont.
67. *L'Affaire Saint-Aubin*, roman, Sonia K. Laflamme.
68. *Chronique des enfants de la nébuleuse I: Le Château de Céans*, roman, Ann Lamontagne.